先生歸來

西泠印社美术馆　编

西泠印社　出版社

目　录

齐白石（1864—1957）

荷花鸳鸯

设色纸本 轴

83cm×33cm

设色纸本　轴

齐白石（1864—1957）

金菊

设色纸本　轴

94cm×44cm

真夫先生雅屬 白石老人寫生

齐白石（1864—1957）

绶带图

设色纸本 轴

67.5cm×32.0cm

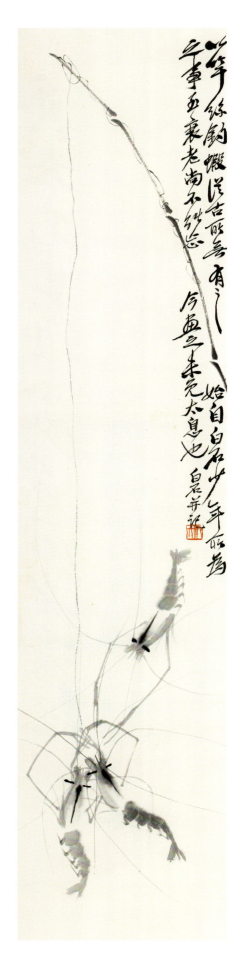

齐白石（1864—1957）

钓虾图

墨笔纸本　轴

136.5cm × 30.0cm

齐白石（1864—1957）

瓶中梅花

设色纸本　轴

108.5cm×33.0cm

齐白石（1864—1957）

紫藤

设色纸本　轴

133cm×33cm

憎出老人八十五岁时喜之家園土石

猶存磨墨一揮

齐白石（1864—1957）

螃蟹

设色纸本 轴

95cm×34cm

齐白石（1864—1957）
题林淑华女士赠画
墨笔纸本 镜心
31.5cm×12.0cm

寄萍堂上老人齐白石

齐白石（1864—1957）

鸳鸯

设色纸本 轴

68.3cm×34.5cm

齐白石（1864—1957）

牡丹蜜蜂

设色纸本 轴

109.0cm×47.3cm

富貴堅固
三百石印富翁
白石大筆一揮

齐白石（1864—1957）
富贵坚固
设色纸本 轴
101cm×34cm

星塘老屋后人阿芝

告小岩

也年八十七岁矣

齐白石（1864—1957）

枇杷螳螂

设色纸本 轴

111.5cm×47.0cm

寄萍老人齐白石画桑藤花卉

齐白石（1864—1957）

牵牛花

设色纸本　轴

102.5cm×35.0cm

清霜壓樹搖西果 微雨垂藤舍北瓜 天意不曾憐老骨 千年今尚運長沙 借山唯館主者齊璜畫並題白

齐白石（1864—1957）
种瓜得瓜
设色纸本 轴
134.5cm×33.0cm

齐白石（1864—1957）

群蟹

墨笔纸本 轴

103.0cm×34.5cm

齐白石（1864—1957）

枇杷草虫

设色纸本 轴

68cm×34cm

齐白石（1864—1957）

牵牛篱笆

设色纸本　轴

117cm×38cm

齐白石（1864—1975）

多寿图

设色纸本 轴

88cm×28cm

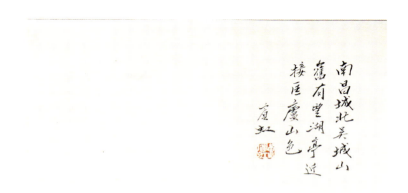

南昌城北�   南
城山   南
乱阜望湖亭近
接匡庐山色
　　宾虹

黄宾虹（1865—1955）

湖亭山色

设色纸本　轴

89cm×33cm

薩水會陰下青山
雲影開澄江可
消暑隨意放船來
歙浦紀游
丁亥午窗之
賓虹

黄宾虹（1865—1955）

歙浦纪游

设色纸本　轴

94cm×45cm

丁亥黄宾虹集古籀文并书

黄宾虹（1865—1955）
金文　"殷代虞廷"七言联
墨笔纸本　轴
132cm×25cm×2

黄宾虹（1865—1955）

岁寒之交

设色纸本 轴

63cm×28cm

黄宾虹（1865—1955）

山居渔隐

设色纸本 轴

90cm×45cm

黄宾虹（1865—1955）

山水卷

设色纸本 手卷

10.5cm×391.0cm

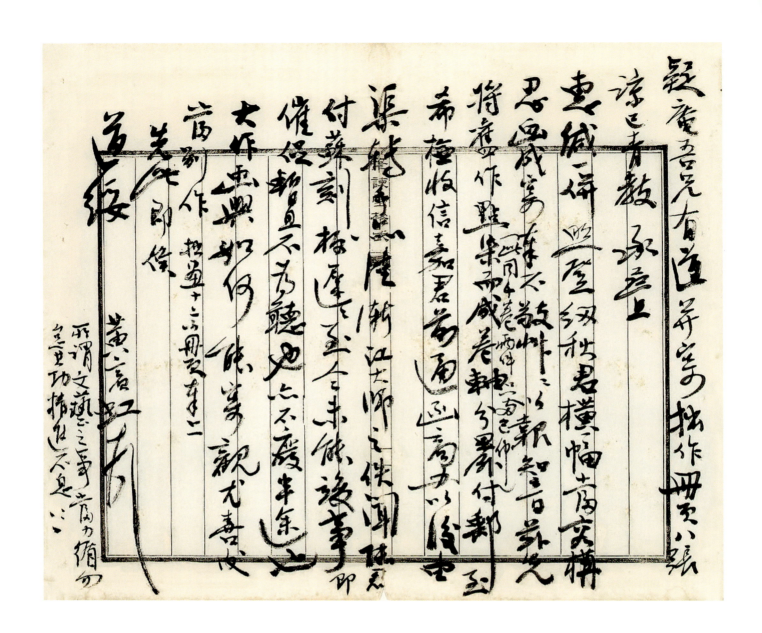

黄宾虹（1865—1955）

致疑庵手札

墨笔纸本 册页

28.5cm×33.5cm

黄宾虹（1865—1955）
山居图
设色纸本　轴
85cm×38cm

释文 畫舟虹月游霓裳暢農舍桑麻檣事勤

戊子冬日八十五叟賓虹書

黄宾虹（1865—1955）

篆书 "画舟农舍" 七言联

墨笔纸本 轴

89cm×29cm

黄宾虹（1865—1955）

溪山深处有人家

设色纸本 成扇

18cm×51cm

王一亭（1867—1938）

富贵花开

设色纸本 轴

86.0cm×33.5cm

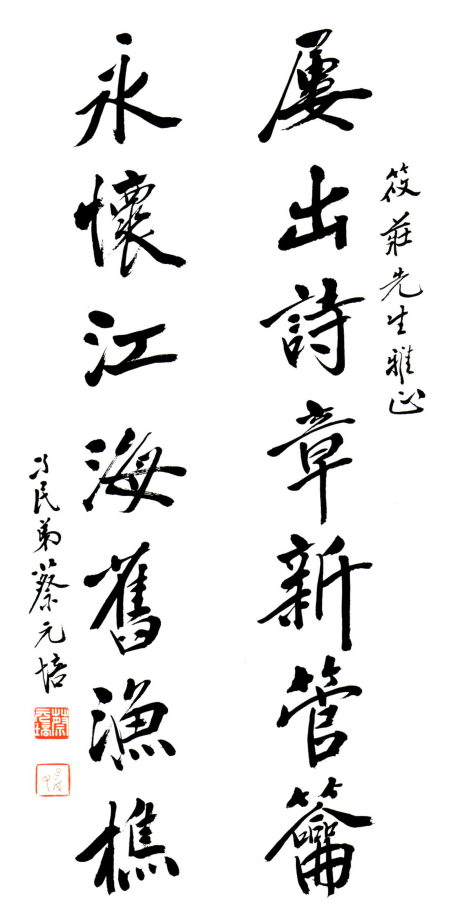

屡出詩章新管籥

永懷江海舊漁樵

筱莊先生雅正

孑民弟蔡元培

蔡元培（1868—1940）

行书 "屡出永怀" 七言联

墨笔纸本 轴

99cm×22cm×2

赵叔孺（1874—1945）

骏马图

设色纸本 轴

130cm×66cm

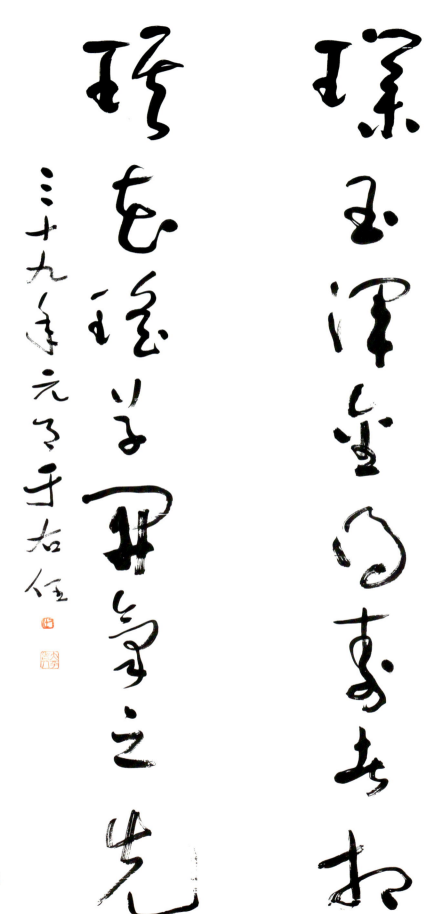

于右任 （1879—1964）
草书 "璞玉琪花" 八言联
墨笔纸本 轴
147cm×35cm×2

033

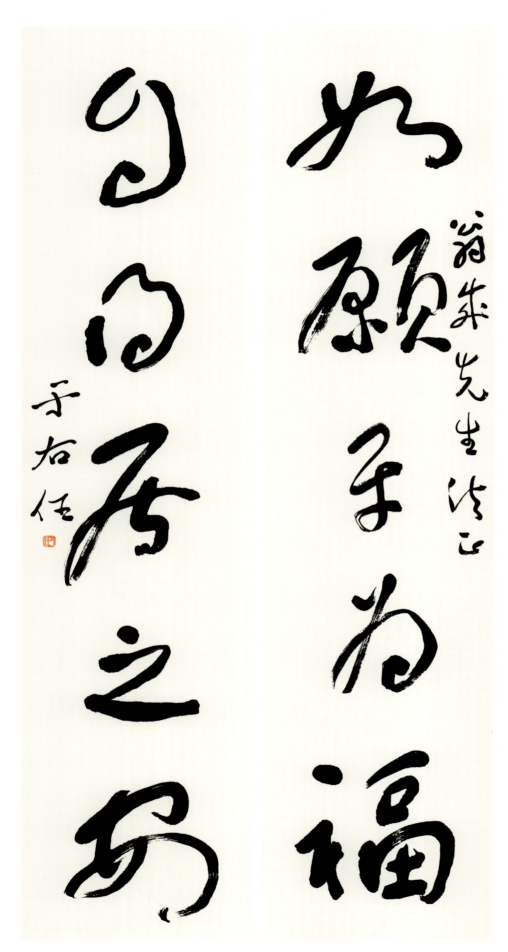

为愿人先生法正

如愿本生为福

自自居之知

于右任

草书 "如愿自得" 五言联

墨笔纸本 轴

134.0cm×33.5cm×2

于右任（1879—1964）

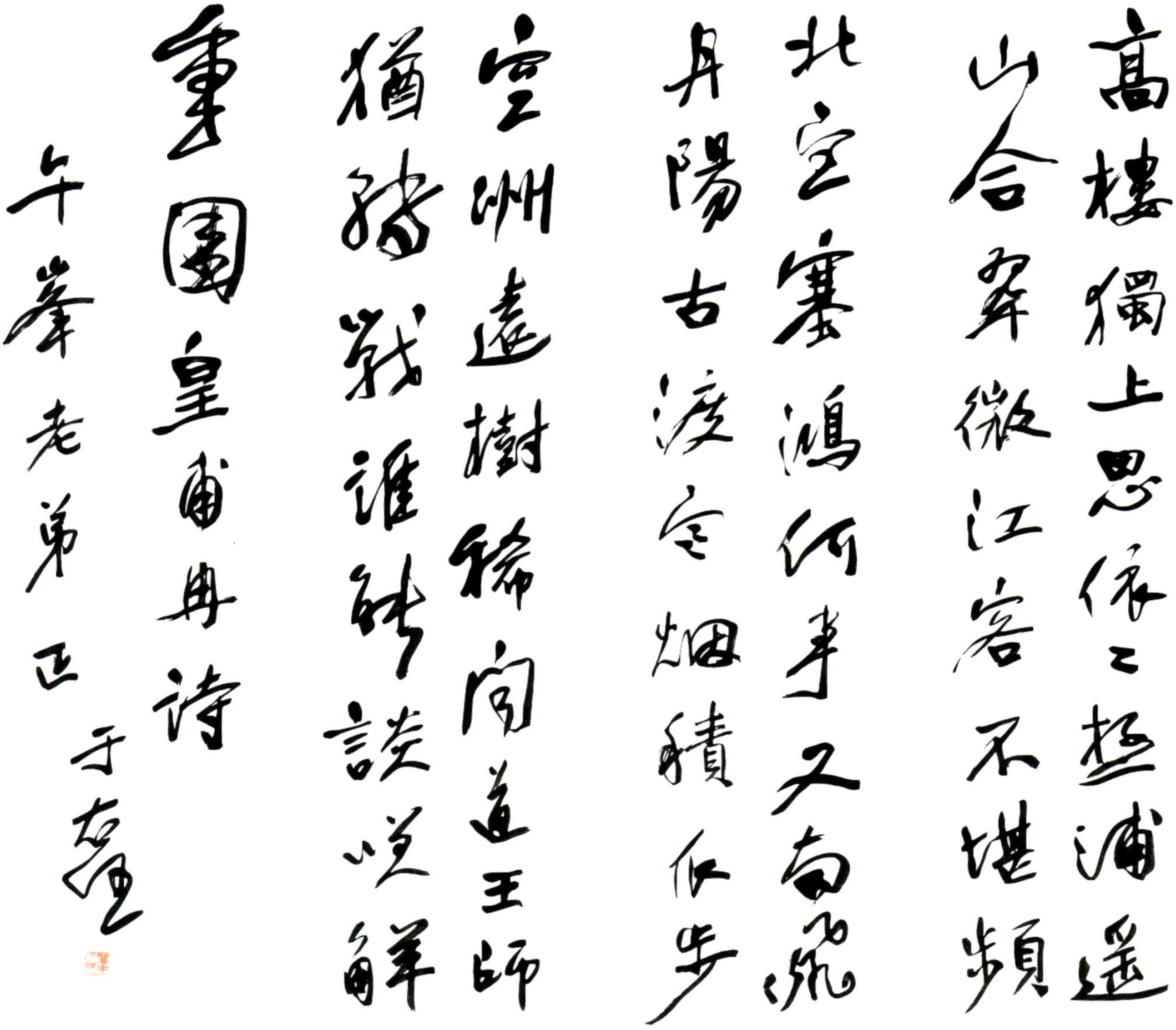

高樓獨上思依依，極浦遙山合翠微。北望塞鴻何事又南飛。丹陽古渡寒煙積，瓜步空洲遠樹稀。聞道王師猶轉戰，誰能談笑解重圍。

皇甫冉詩

午峯老弟正　于右任

于右任（1879—1964）

行书　皇甫冉《同温丹徒登万岁楼》

墨笔纸本　轴

144cm×39cm×4

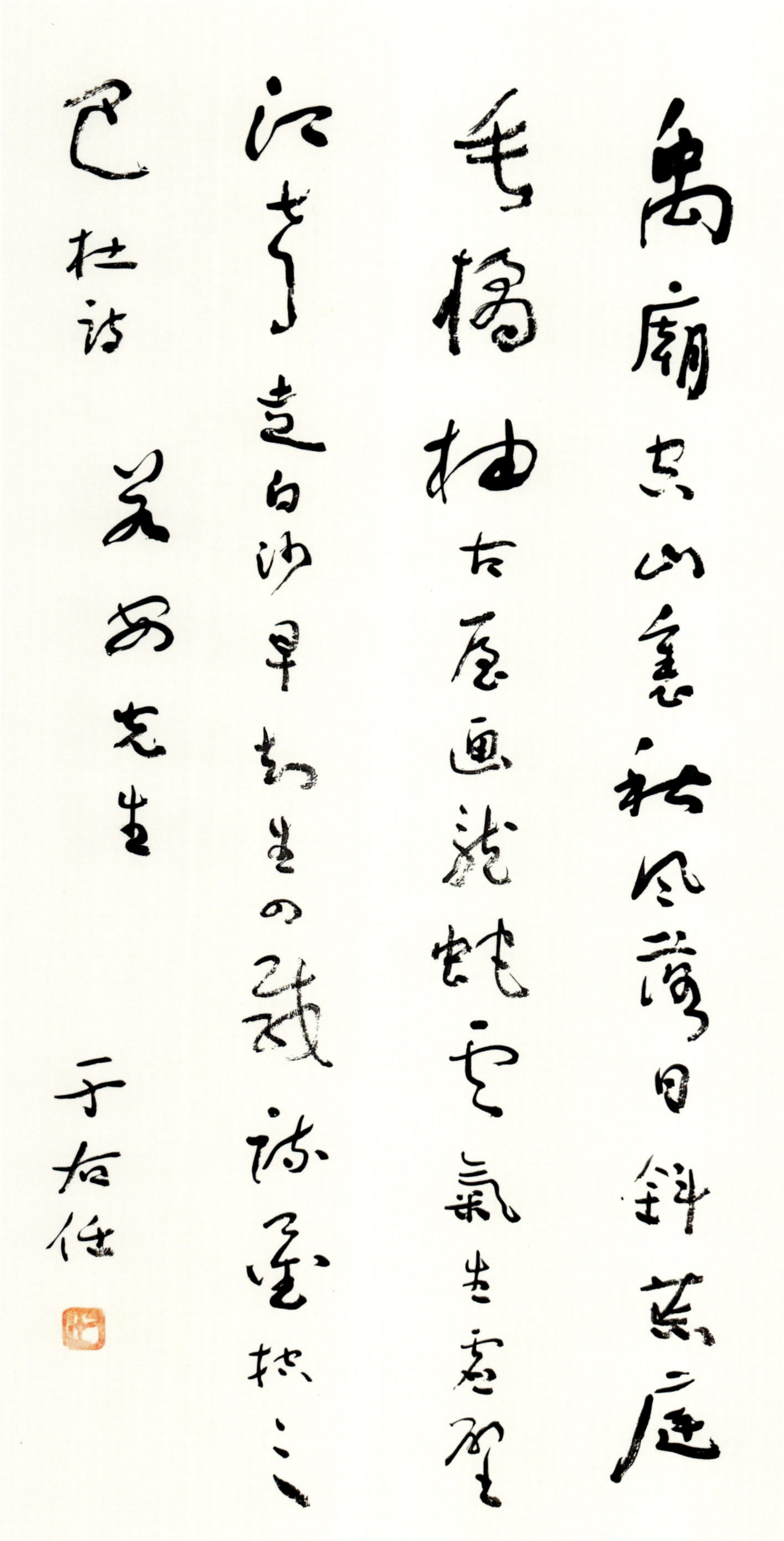

禹庙空山里，秋风落日斜。荒庭垂橘柚，古屋画龙蛇。云气嘘青壁，江声走白沙。早知乘四载，疏凿控三巴。

杜诗　茅如先生

于右任

于右任（1879—1964）

行书　杜甫《禹庙》

墨笔纸本　轴

68.5cm×33.0cm

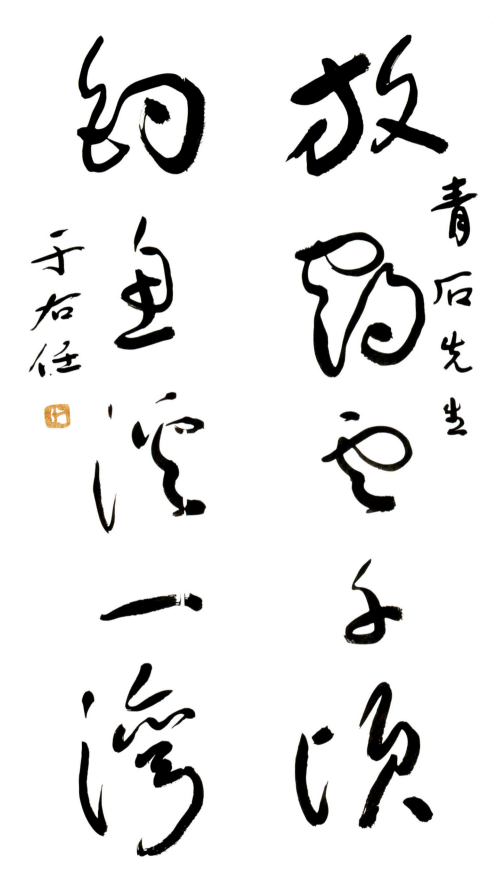

放鹤池千顷
钓鱼湾一湾

青石先生

于右任

于右任（1879—1964）
草书 "放鹤钓鱼" 五言联
墨笔纸本 轴
68.0cm×16.5cm×2

袖中天地石未经眼

永馥先生法正

海上蓬莱云欲飞龟负

于右任

于右任（1879—1964）

行书 "袖中海上" 七言联

墨笔纸本 轴

133.0cm×33.5cm×2

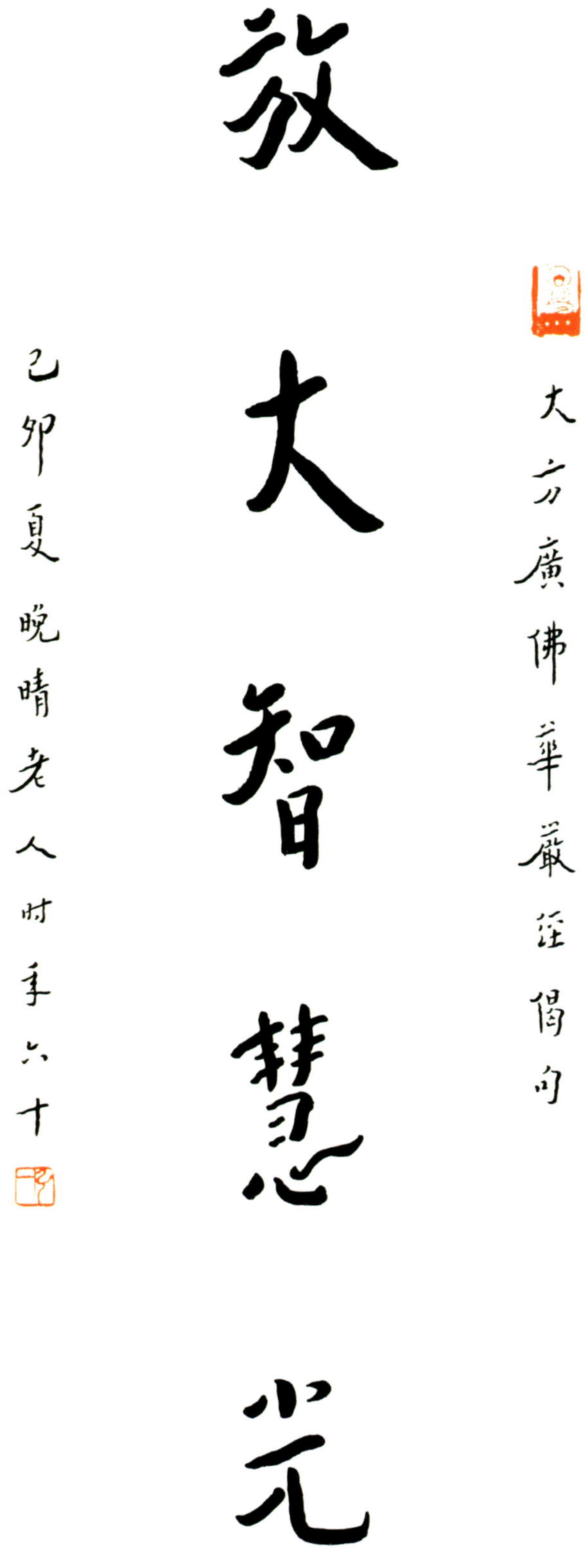

放大智慧光

大方廣佛華嚴經偈句

己卯夏 晚晴老人時年六十

李叔同（1880—1942）
楷书 "放大智慧光"
墨笔纸本 轴
62cm×28cm

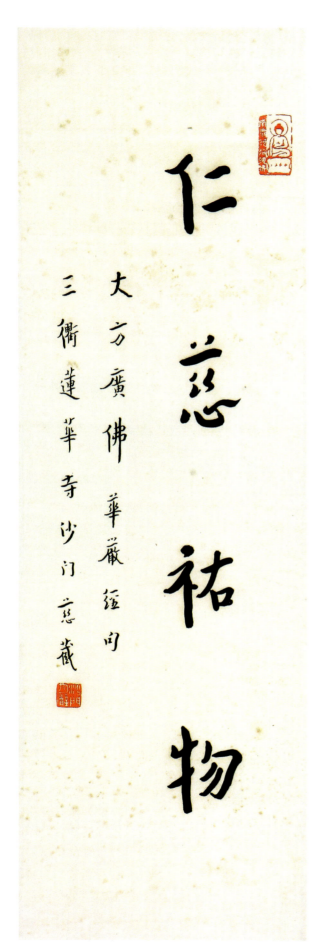

李叔同（1880—1942）
楷书 "仁慈祐物"
墨笔纸本 镜心
66cm×20cm

翠竹如雲接地陰半长嘯
勳雄心流泉不改濕溪意
世上掛懈正澤沈
辛未秋肖
雪帆依善孖写於大風堂中

张善孖（1882—1940）
双虎图
设色纸本　轴
126cm×62cm

層嵐伍抹莫雲蒼寒逗疏林一半黃細數歸
鴉人荻寒荻花楓葉自橫塘 癸卯夏日為
杏生三元大人屬寫此圖并系七絕句請正 馮迴超然父

冯超然（1882—1954）
疏林归鸟
墨笔纸本　轴
102.0cm×25.5cm

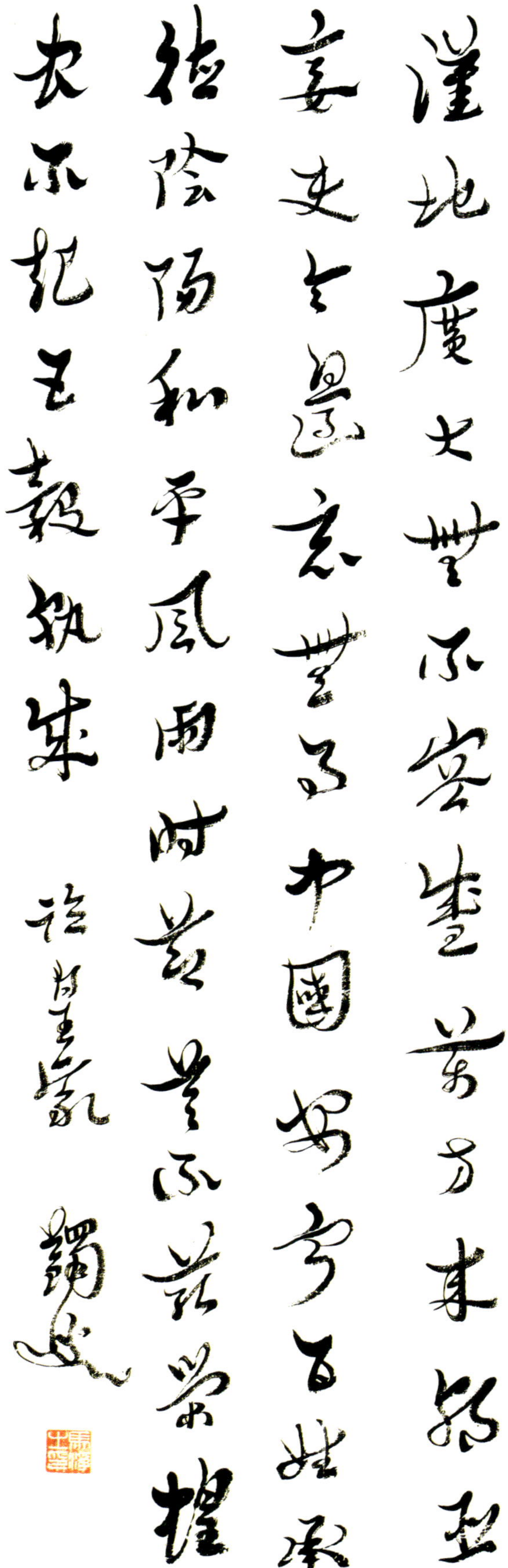

灌地廣大世不容奸万末路五妄支七显亥世子中國安寧百姓承佑陰陽和平風雨时节五谷孰农不犯王載执朱

马一浮（1883—1967）
行书 《急就章》句
墨笔纸本 轴
102cm×34cm

惠風伫芳於陽林醴泉
涌溜於陰渠建木滅景於千尋
琪樹璀璨而垂珠
孫興公天台山賦 蠲叟

马一浮（1883—1967）

行书 孙绰《游天台山赋》句

墨笔纸本 镜心

89.0cm×33.5cm

巖巖大雄峰　故是洪都望　若人真有力　獨坐不渡讓　穹崇構臺殿空碧
開巖峰天華　百尺滿鐘峽　層雲上緬懷　唐李主詩語留豪壯至今昭回
光草木變姿狀久久東陽秀法庭擁象縮地入秋毫御袖有百丈

程儒先生雅屬　沈尹默書於海上寓舍

沈尹默（1883—1971）

行书 吴师道《百尺山图》句

墨纸纸本　轴

134cm×34cm

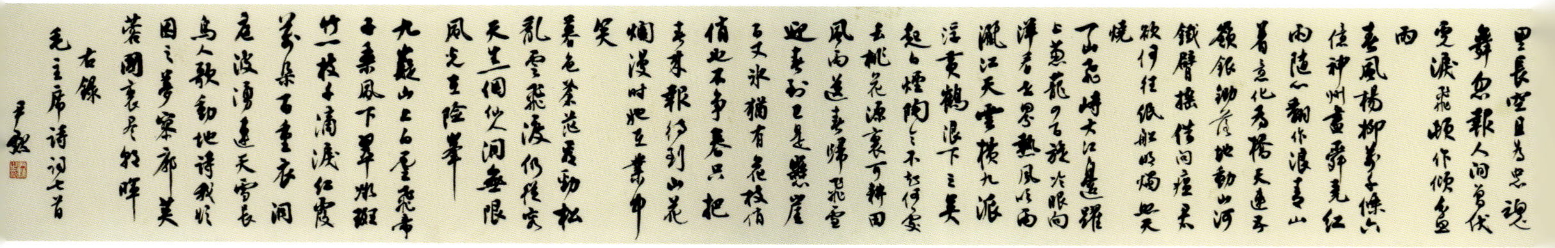

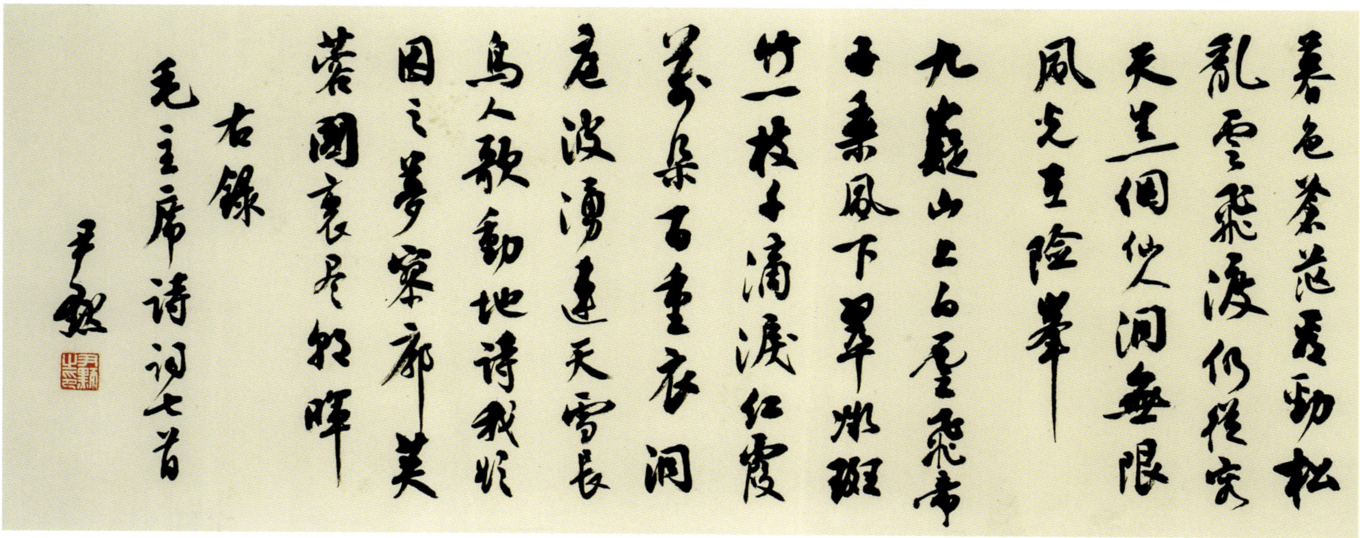

沈尹默（1883—1971）

行书 毛泽东诗词七首

墨笔纸本 手卷

19cm×165cm

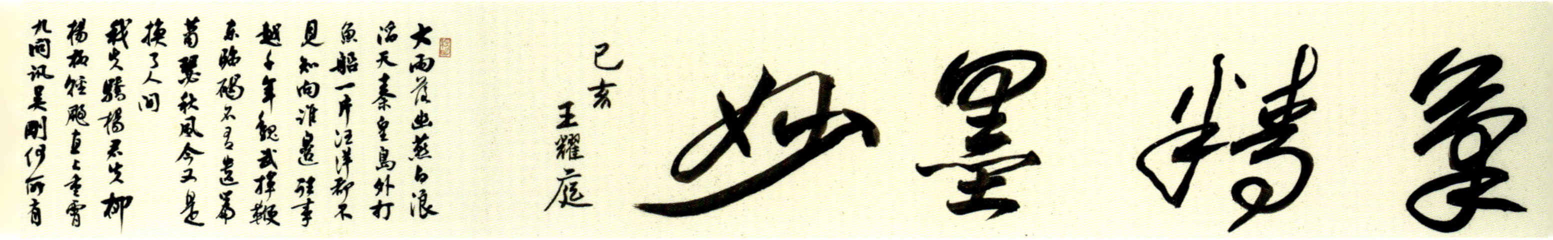

象精墨妙

己亥 王耀庭

大雨落幽燕白浪
滔天秦皇岛外打
鱼船一片汪洋都不
见知向谁边往事
越千年魏武挥鞭
东临碣石有遗篇
萧瑟秋风今又是
换了人间

我失骄杨君失柳
杨柳轻飏直上重霄
九问讯吴刚何所有

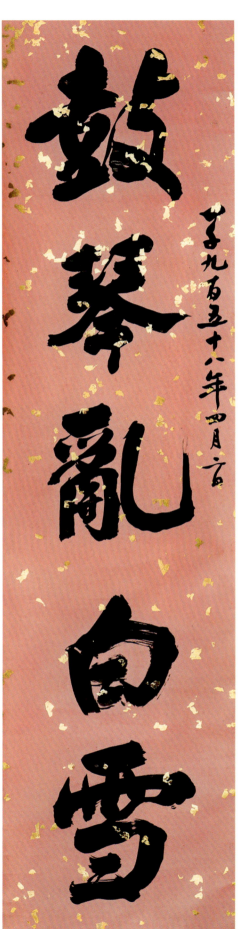

鼓琴乱白雪

弃剑学丹砂

一千九百五十八年四月二十

沈尹默

沈尹默（1883—1971）

行书 "鼓琴弃剑" 五言联

蜡笺纸本 轴

230cm×56cm×2

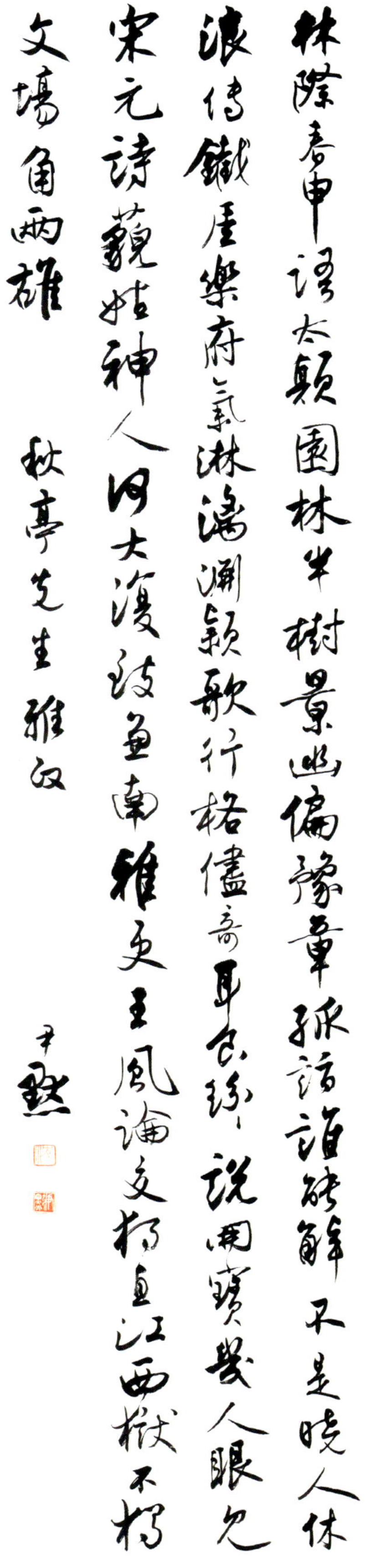

沈尹默（1883—1971）

行书 王士禛《戏仿元遗山论诗绝句》二首

墨笔纸本 轴

126.5cm×29.5cm

毛主席沁园春雪词　北国风光　千里冰封万里雪飘　望长城内外惟余莽莽　大河上下顿失滔滔　山舞银蛇原驰蜡象　欲与天公试比高　须晴日看红装素裹　分外妖娆　江山如此多娇　引无数英雄竞折腰　惜秦皇汉武略输文采　唐宗宋祖稍逊风骚　一代天骄成吉思汗　只识弯弓射大雕　俱往矣数风流人物还看今朝　一九五八年十二月二十四日为志成同志书　尹默

沈尹默（1883—1971）
行书 毛泽东《沁园春·雪》
墨笔纸本 轴
95cm×51cm

刘奎龄（1885—1967）

冠上加冠

设色纸本　轴

122cm×37cm

刘奎龄（1885—1967）

富贵双吉

设色纸本　轴

95.3cm×45.0cm

刘奎龄（1885—1967）
王树翰（1880—1955）

牧羊

设色纸本　成扇

20cm×51cm

吕凤子（1886—1959）
梅花仕女
设色绢本　轴
72cm×40cm

吕凤子（1886—1959）

六阿罗汉

设 色 纸 本　镜 心

82.0cm×151.5cm

鉤勒花卉以墨之濃淡淺深為葉之向背正反在乎予只見垍彝齋寫水仙用之作此圖穆夫人博笑丁亥初冬寫於玉山硯齋非闇

于非闇（1889—1959）

蝶恋花

设色纸本　轴

96cm×52cm

月照無眠我

東暨先生
囑寫承其年
前舊句
胡適

胡适（1891—1962）
行书 "月照无眠我"
墨笔纸本 横披
22cm×80cm

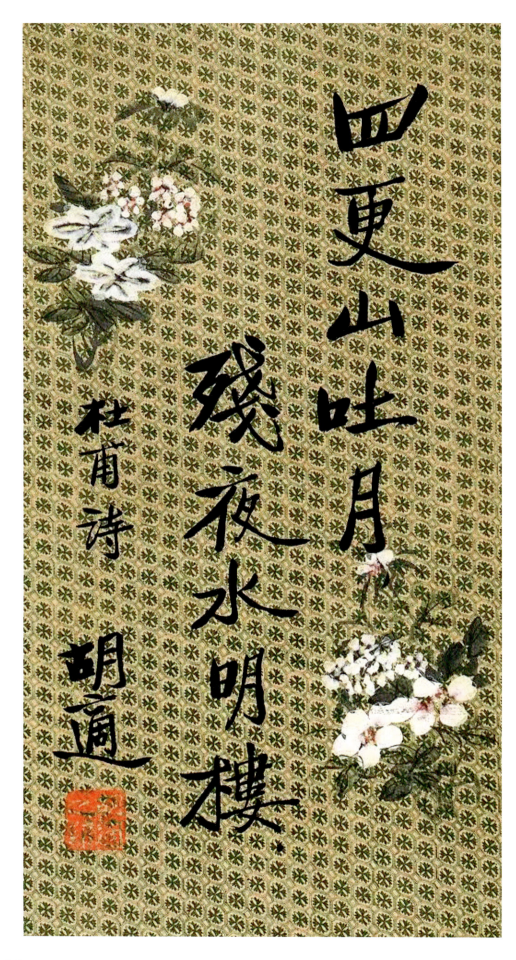

四更山吐月

残夜水明楼

杜甫诗

胡适

胡适（1891—1962）
行书 杜甫《月》句
手绘笺本 镜心
36cm×18cm

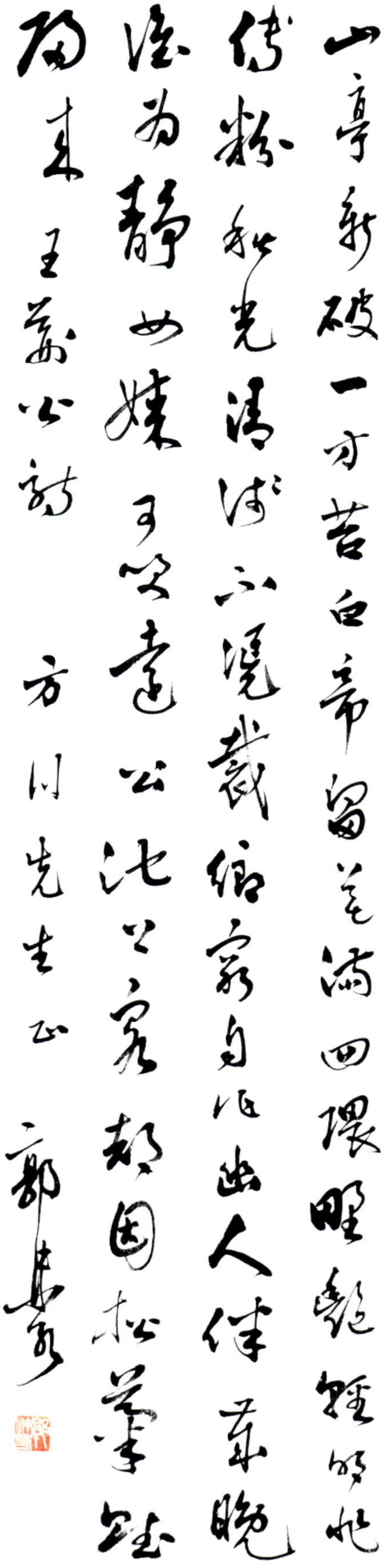

山亭�破一方苦白帝留笔满四環明艳短旳地
傅粉施朱漫把六凭裁绮家句出幽人住草晚
涂为静如妹号父亲云池之爱都困松肇铭
因玉紫公诗 方川先生正 郭沫若

郭沫若（1892—1978）
草书 王安石《钟山西庵白莲亭》
墨笔纸本 轴
90cm×25cm

郭沫若（1892—1978）

行书 《满江红》

墨笔纸本 轴

138cm×71cm

書齋清供
一瞻老戊朱屺瞻

朱屺瞻（1892—1996）
书斋清供
设色纸本 轴
136cm×68cm

溥忻（1893—1966）

双骏图

设色绢本 轴

59.5cm×65.0cm

诗妙畫從言外得

易微誰見畫前真

吴湖帆

吴湖帆（1894—1968）

行书 "诗妙易微" 七言联

墨笔纸本 轴

133cm×31cm×2

吴湖帆（1894—1968）

雨中滴翠

墨笔纸本 轴

92.0cm×38.5cm

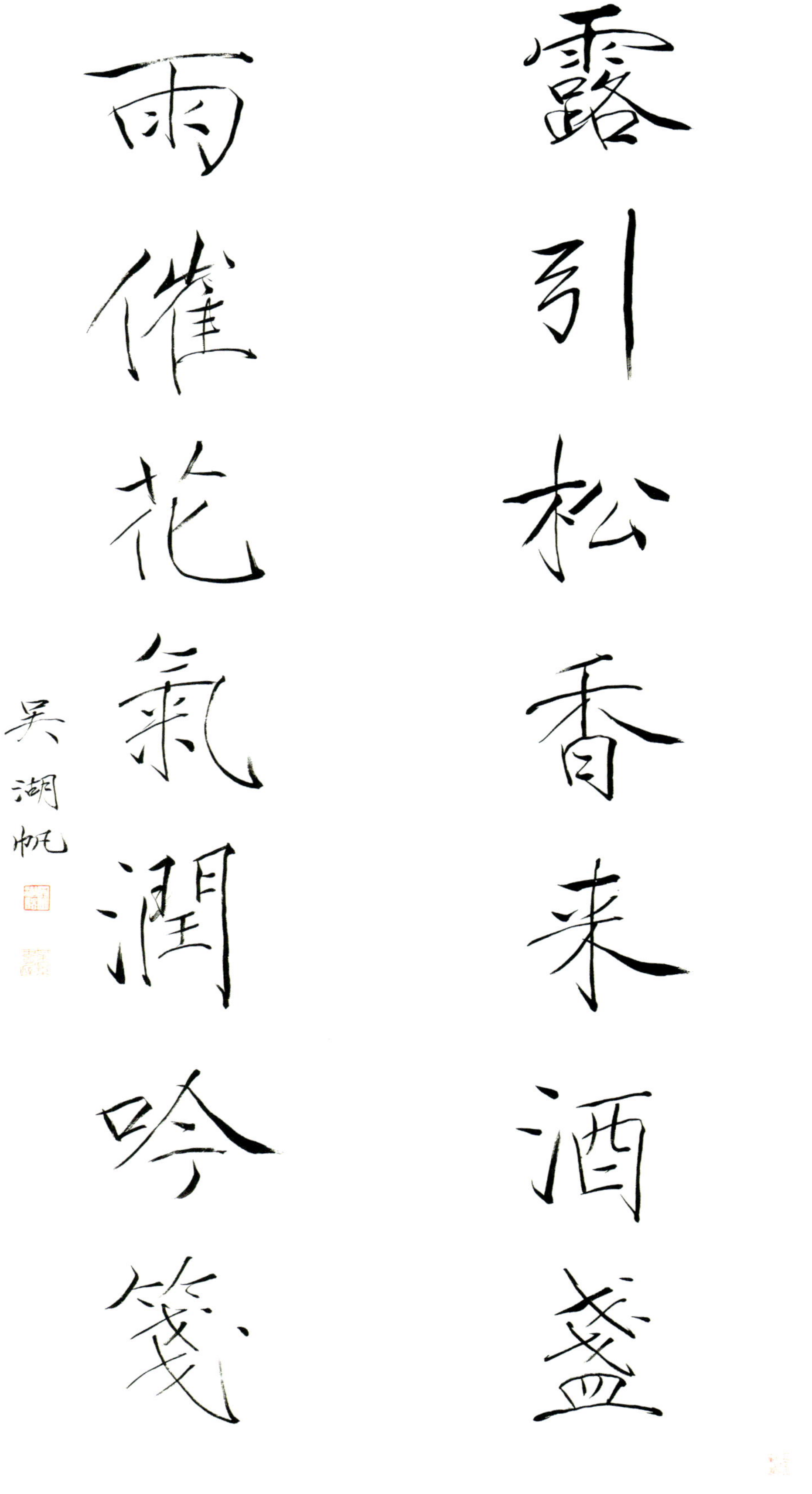

露引松香来酒盏

雨催花气润吟笺

吴湖帆

吴湖帆（1894—1968）
楷书 "露引雨催" 七言联
墨笔纸本 轴
130cm×31cm×2

徐悲鸿（1895—1953）

墨竹

墨笔纸本　镜心

28cm×40cm

鹤舞

墨笔纸本 镜心

徐悲鸿（1895—1953）

行书 "鹤舞"

墨笔纸本 镜心

42.5cm×85.5cm

徐悲鸿（1895—1953）

猫石图

设色纸本　轴

78.5cm×53.0cm

徐悲鸿（1895—1953）
赤色马
设色纸本 轴
94cm×64cm

徐悲鸿（1895—1953）

奔马图

设色纸本 镜心

97.8cm×61.4cm

陶冷月（1895—1985）

瀑布山水

设色纸本 轴

66cm×35cm

陶冷月（1895—1985）

陶园春色

设色纸本　镜心

39cm×68cm

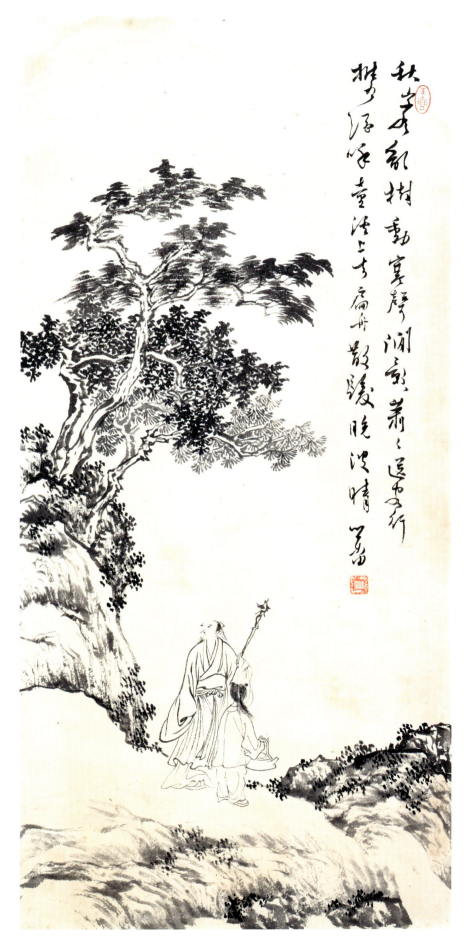

秋峯红树动寰暑
闲剩萧萧远客行
禁源任意速上古扁舟
散缓晚波情嗜

溥儒（1896—1963）

溪山高隐

设色纸本 轴

92.0cm×42.2cm

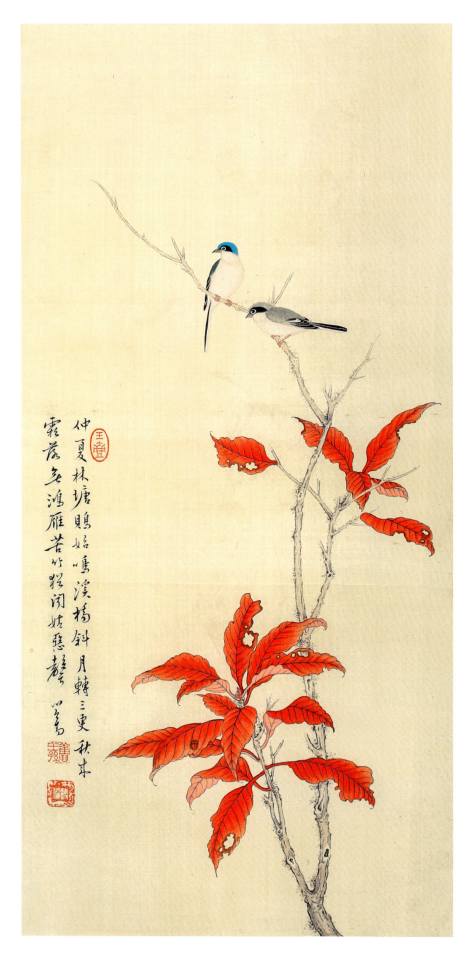

仲夏林塘鵙始鳴溪橋斜月轉三更秋末
霜崖多鴻雁若竹徑閒妹愁聲心畲

溥儒（1896—1963）
红叶双雀
设色纸本 轴
61cm×27cm

刘海粟（1896—1994）

鸳鸯荷花

设色纸本　轴

364.5cm×140.0cm

刘海粟（1896—1994）

黄山天下奇

设色纸本 轴

175cm×95cm

潘天寿（1897—1971）

窗外即景

设色纸本 轴

105.5cm×51.0cm

潘天寿（1897—1971）

秋菊

设色纸本　轴

66.5cm×31.5cm

王个簃（1897—1988）

凝蕊幽香

设色纸本　轴

109cm×32cm

邓散木（1898—1963）

行书 "五夜四营" 七言联

墨笔纸本 轴

133.0cm×32.5cm×2

邓散木（1898—1963）

行书 《拟山园帖》

墨笔纸本 轴

143cm×78cm

红是樱桃绿是蕉 子恺画

丰子恺（1898—1975）

红是樱桃绿是蕉

设色纸本 镜心

43cm×34cm

一钩新月天如水 子恺

丰子恺（1898—1975）

一钩新月天如水

设色纸本 镜心

45cm×32cm

买粽子

丰子恺（1898—1975）

买粽子

设色纸本 镜心

46cm×25cm

几人相忆在江楼

丰子恺（1898—1975）

几人相忆在江楼

设色纸本　镜心

34cm×46cm

看花携酒去
酒醉挥毫归
子恺画

丰子恺（1898—1975）

看花携酒去

设色纸本 镜心

45cm×31cm

张伯驹（1898—1982）

松梅图

设色纸本　轴

109cm×32cm

黄菊花開正重陽
晨起与潘素賞菊
張伯駒寫並題時年八十又二

张伯驹（1898—1982）
重阳赏菊
设色纸本 轴
68.5cm×34.5cm

096

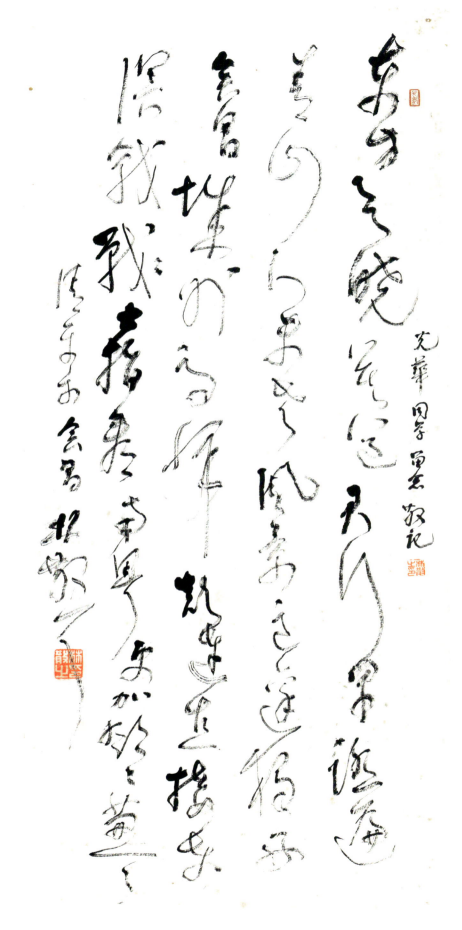

草书 毛泽东《清平乐·会昌》

林散之（1898—1989）

草书 毛泽东《清平乐·会昌》

墨笔纸本 镜心

80cm×35cm

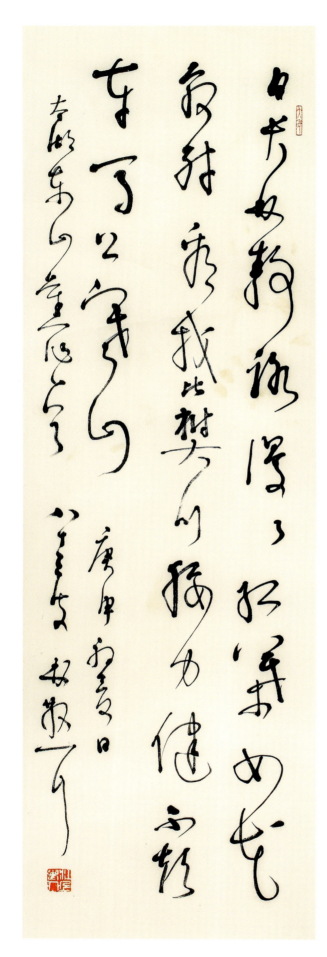

林散之（1898—1989）

草书 自作诗

墨笔纸本 轴

109cm×33cm

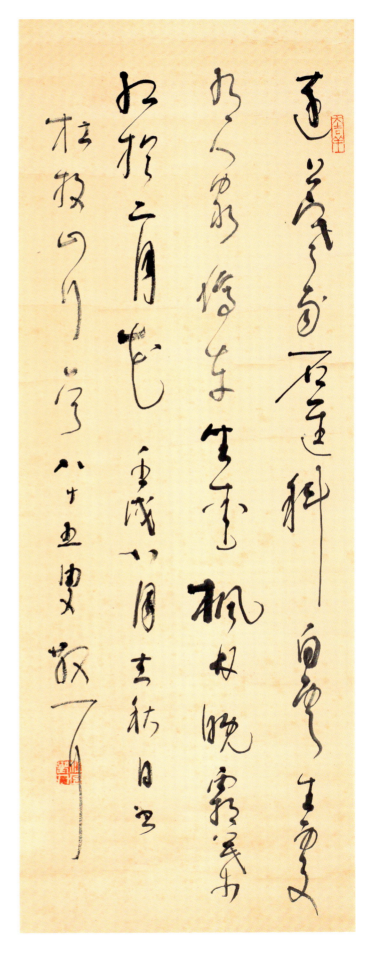

林散之（1898—1989）
草书 杜牧《山行》
墨笔纸本 轴
94.3cm×34.0cm

林散之（1898—1989）
行书 "学习"
墨笔纸本 镜心
16.8cm×50.5cm

林散之（1898—1989）

行书 "怡斋"

墨笔纸本 镜心

17cm×39cm

神龟虽寿，犹有竟时；腾蛇乘雾，终为土灰。老骥伏枥，志在千里；烈士暮年，壮心不已。盈缩之期，不但在天；养怡之福，可得永年。

铁飞同志属金山嘱录曹诗因书奉正

陆维钊

陆维钊（1899—1980）
行书 曹操《龟虽寿》句
墨笔纸本 镜心
137.0cm×48.5cm

张大千（1899—1983）

山崖观瀑

设色纸本　横披

59cm×91cm

张大千（1899—1983）

荷花

设色绢本 镜心

48cm×62cm

张大千（1899—1983）

泼彩荷花

设色纸本 镜心

40cm×67cm

张大千（1899—1983）

天竺粉蕉

设色纸本　轴

92.5cm×49.5cm

张大千（1899—1983）

山壁题字

设色纸本　轴

100cm×49cm

张大千（1899—1983）

秋江图

设色纸本　轴

81.0cm×21.5cm

张大千 (1899—1983)
赤壁夜游
设色纸本 镜心
19.5cm×48.5cm

张大千（1899—1983）

溪山清远

设色纸本 镜片

106.0cm×50.5cm

张大千（1899—1983）

山霭嘉树

设色纸本 轴

101cm×60cm

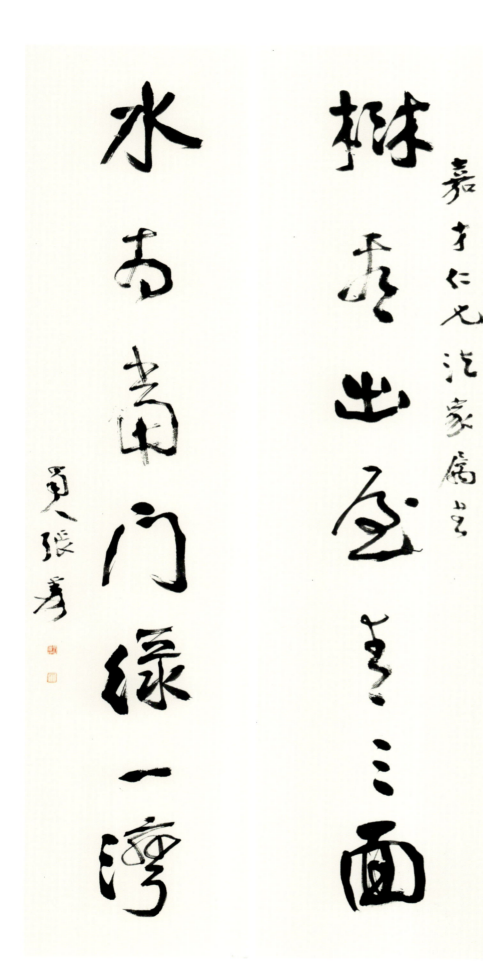

株秀出金莖三面

嘉才仁兄法家屬書

水南門綠一灣

夏張爰

張大千（1899—1983）
行书 "树看水南"七言联
墨笔纸本 镜片
116cm×28cm×2

张大千（1899—1983）

执扇仕女图

设色纸本 轴

92.0cm×34.4cm

张大千（1899—1983）

黄山高士

设色纸本 轴

150cm×40cm

兰亭当日事有餘
崇山茂林於竹孯
賢畢至湍激湍濊
相映帶芳引深
觴曲水但暢敘懷
而已一詠一觴真之樂
暢曶絲絲竹絲塵耳
春區暮共脩禊
東坐知暢新天氣驟為
張仰觀宇宙俯察品類術
仰之間固能放蕩形骸之
弘志至知老之將至感慨聾
游年陳近念人生行乐都
魠哉沒视今昔猶乐
林下大賀新郎
設文翰蘭亭圖卷嘗喬居蒙叁坐經夫三
石人墨見一弘運是奮蕭漬闊色坃晉人心虔遂漬
毛吳不逗文敎圖惘見一扁猗亭叚見否詞午七不三三
元昙不逗文敎圖惘見一扁猗亭書否詞午七不三夕張大千

张大千（1899—1983）

兰亭诗意图

设色纸本 轴

131cm × 55cm

张大千 (1899—1983)

翠屏寒泉图

设色纸本　横披

48cm×140cm

张大千（1899—1983）

萧斋鼓琴

设色纸本 轴

121cm×40cm

李苦禅（1899—1983）

高瞻远瞩

设色纸本 轴

68.5cm×46.0cm

李苦禅（1899—1983）

池鱼

设色纸本 横披

39cm×277cm

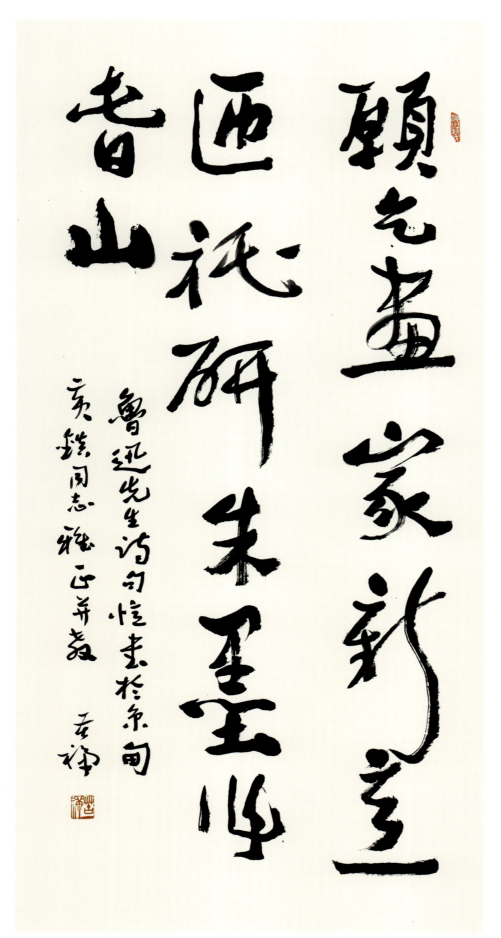

願乞畫家新意匠 只研朱墨作春山

鲁迅先生诗句惜未书于条幅

贠镞同志雅正并教 苦禅

李苦禅（1899—1983）
草书 鲁迅《赠画师》句
墨笔纸本 镜心
182cm×90cm

李苦禅（1899—1983）
水村之边
设色纸本 轴
90.5cm×42.0cm

李苦禅（1899—1983）

秋味图

设色纸本 轴

68cm×47cm

李苦禅（1899—1983）
雄鹰
设色纸本 轴
64.0cm×47.5cm

李苦禅（1899—1983）

荷塘清趣

设色纸本　轴

69cm×46cm

124

洗羽图 苦禅写

李苦禅 （1899—1983）

洗羽图

设色纸本 轴

63cm×46cm

千山万壑一亭收

钱松嵒（1899—1985）

千山万壑一亭收

设色纸本 镜心

45.0cm×30.5cm

钱松嵒（1899—1985）

杞菊延年

设色纸本　镜心

26cm×36cm

马晋（1900—1970）

猿猴

设色绢本　轴

110cm×39cm

吴茀之（1900—1977）

清芬盈几

墨笔纸本 轴

82cm×33cm

关良（1900—1986）

花和尚大闹野猪林

设色纸本 轴

96cm×59cm

拾玉镯图

壬戌初秋書于海昌 關良作於滬江

关良（1900—1986）

拾玉镯图

设色纸本 镜心

90cm×95cm

关良（1900—1986）

舞狮

设色纸本 镜心

27cm×45cm

关良 （1900—1986）

瓶花

设色纸本 镜心

80.0cm×40.5cm

关良（1900—1986）

仙女

设色纸本 镜心

66.5cm×45.0cm

关良（1900—1986）

戏剧人物

设色纸本 轴

82cm×70cm

金猴奮起千鈞棒 玉宇澄清萬里埃

闿良

关良（1900—1986）
金猴奋起千钧棒
设色纸本　轴
79cm×41cm

東郭先生圖

良公

关良（1900—1986）
东郭先生图
设色纸本 轴
67cm×50cm

林风眠（1900—1991）
黑毛衣仕女
设色纸本 镜心
67cm×69cm

沙孟海 (1900—1992)

行书　"世上只要" 五言联

墨笔纸本　轴

136.0cm×33.5cm×2

沙孟海（1900—1992）
行书 "春满陻麋" 八言联

墨笔纸本　轴

137cm×23cm×2

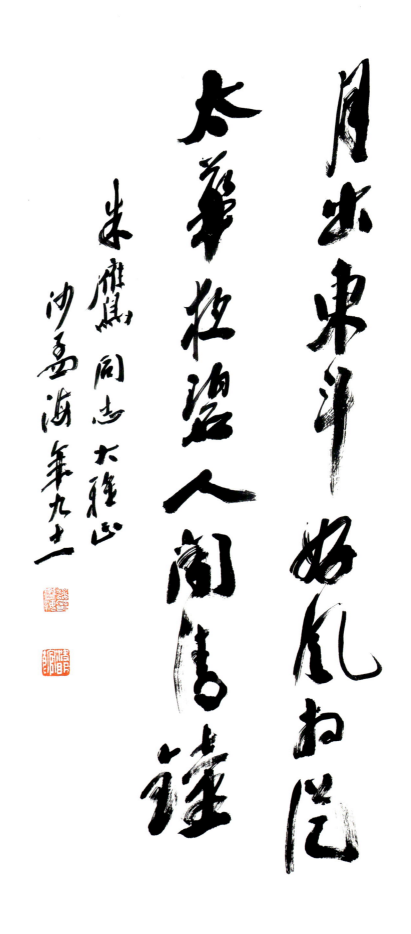

月出东斗 好风相从 太华夜碧 人闻清钟

朱雁鼎同志大雅正

沙孟海 年九十二

沙孟海（1900—1992）

行书 司空图《二十四诗品·高古》句

墨笔纸本 轴

67.5cm×33.0cm

东海南天羡一家

笔精墨妙园千古

日本天雞会諸位先生雅正

沙孟海年九十

沙孟海（1900—1992）

行书 "笔精东海" 七言联

墨笔纸本 轴

137.5cm×29.0cm×2

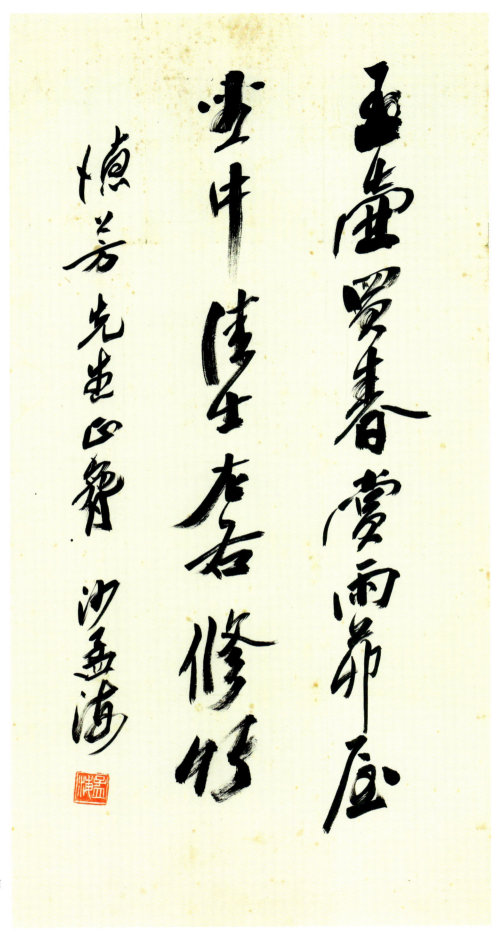

沙孟海（1900—1992）

行书 司空图《二十四诗品·典雅》句

墨笔纸本 镜心

64.0cm×32.5cm

江寒汀（1903—1963）
秋收
设色纸本 轴
107cm×51cm

一九五七年夏为
曾波先生雅□
陆小曼
□

陆小曼（1903—1965）

溪山深处

设色纸本　轴

98cm×46cm

王雪涛（1903—1982）

花鸟虫鱼

设色纸本 册页

30.0cm×25.5cm×9

傅抱石（1904—1965）

李太白像

设色纸本 轴

48cm×26cm

傅抱石（1904—1965）
观瀑图
设色纸本 轴
116cm×46cm

傅抱石（1904—1965）

观瀑图

设色纸本　轴

93.5cm×42.0cm

水流香步屧廊溪暑章
涼長日喜風順石欹松山上
壬寅長夏　鏡汀

吴镜汀（1904—1972）
山水楼阁
设色纸本 轴
79cm×29cm

蒋兆和（1904—1986）
菊石双鸽图
设色纸本 轴
60cm×32cm

董寿平（1904—1997）
墨竹
墨笔纸本　轴
174cm×66cm

董寿平（1904—1997）

珠光

设色纸本 轴

137cm×68cm

喜报春先
喜报春光
董寿平写意
之笔
启功拜观

董寿平（1904—1997）
喜报春光
设色纸本　轴
145cm×76cm

东京日中文化交流协会转

井上芙美夫人

病中惊悉井上靖先生逝世，

十分悲痛。因之文坛失去一位杰出

的作家，我失去一位真诚的朋友！井上

先生为了中日文化交流和人民友好

事业献出全部心血三十年深情厚谊

犹在我心里燃烧先生留下的精神

财富不会消失，中日人民友谊万古长

青谨电吊唁并致慰问 巴金

15×15＝225

中国作家协会

巴金（1904—2005）

行书 致井上芙美夫人手札

墨笔纸本　镜心

18.5cm×26.0cm

155

當代文人如 Bunke Shenlun 皆らる
反 Siswall Swan 九散記も

夫人二十一歲時（一七七二）著此詩匿名
行之。詩出之後風行全國，終莫
知著者為誰。如後五十二年（一八二三）
（二言）於所著小說 "The Pirates"中偶
言及之，而夫人已老，後二年死矣。今
此詩尚推為世界情詩之最佳。全
篇僅村婦口氣，淺淡之至真此當
日之白話詩也

老洽伯　一個
Lady Anne Yngsay著
Aold Robin Gray

弟　見在桐牛兌在京静怡～巴黑夜
我自欲人兒早在外身遠隆々我自已路
宛若都毫違法九四

巴金

巴金（1904—2005）
手札
墨笔纸本 镜心
7.0cm×7.8cm

舒同（1905—1998）
行书 "疾风严寒" 五言联
墨笔纸本 轴
138cm×35cm×2

赵少昂（1905—1998）

竹林雀声喧

设色纸本 镜心

124cm×248cm

赵少昂（1905—1998）

竹林

设色纸本 横披

53.0cm×116.5cm

赵少昂（1905—1998）

石榴

设色纸本 镜心

27cm×32cm

赵望云（1906—1977）

烟雨图

设色纸本 轴

156cm×67cm

庞薰琹（1906—1985）

捕鱼

设色纸本 镜心

36cm×52cm

庞薰琹（1906—1985）
劳作少女图
设色纸本 轴
72cm×41cm

李可染（1907—1989）

行书 "琴瑟百年"

墨笔纸本 轴

31.5cm×44.0cm

李可染（1907—1989）

黄山烟云图

设色纸本 轴

61.0cm×46.5cm

李可染（1907—1989）

绿树荫中境

设色纸本 轴

68.5cm×44.0cm

钟馗送妹图

岁次壬寅之春于北京戏写此图于隆化侗泉宾馆

李可染（1907—1989）

钟馗送妹图

设色纸本 轴

68cm×46cm

李可染（1907—1989）

牧牛图

设色纸本　镜心

68cm×46cm

李可染（1907—1989）

倪迂洗桐

设色纸本 轴

64cm×38cm

一九六二年浅予留印之变旧稿

叶浅予（1907—1995）

印度女

设色纸本 轴

69.5cm×46.0cm

钱君匋（1907—1998）
牵牛花
设色纸本 册页
32cm×44cm

人才非正不能奇

天道無親常與善

親也無親而常與非正則不奇相反相成之理不其然欤

十年教訓得此一聯　天道作自然法則武歷史法則解與擇

樸初

赵朴初（1907—2000）

行书 "天道人才"七言联

墨笔纸本　镜心

66cm×21cm×2

為國電波傳四海 雷霆動 真個是 寶束勝會 說不完佛績譽

功實事求是 好家風 發揚民主 傳統 磐於乾坤真管迴

神州萬紫千紅 趨迎來浩蕩 東風 儀萬人摩肩接踵爭攀

科學高峰 一遍遍穗宇之中八次 天安門 紅旗漫卷于及于千古

壽完鞠躬盡瘁的老元勳 羅望所歸的邦之彥 都左摩言堂上

見擔起了重任 如 從今后有待有天浩蕩 人歡馬健 赴征途所

向無前 聽瑩的十一屆三中全會工報廣播著作 一九七九年有月 趙樸初

赵朴初（1907—2000）

行书 庆祝党的十一届三中全会召开作

墨笔纸本 轴

130.5cm×69.0cm

花照故園新
蘭陵王樂煥手春
雅音飛五雲

柳暗又花明
萬古弥天音樂雲
傳來無盡燈

俳句二首奉照

日中友好净土宗協會大會山頂上寺
雅樂會話華圓、長
西城正倫法師慧正

庚申初夏 趙樸初

赵朴初（1907—2000）

行书 俳句二首奉赠西城正伦法师

墨笔纸本 镜心

34cm×66cm

神龜雖壽猶有竟時騰蛇乘霧終為土灰老驥伏櫪志在千里烈士暮年壯心不已盈縮之期不盡在養怡之福可以永年

天

曹孟德詩

一九八三年十月 趙樸初

赵朴初 (1907—2000)

行书 曹操《龟虽寿》

墨笔纸本 镜心

68cm×34cm

每天的提醒

我每天上百次地提醒自己，我的精神生活和物質生活都依靠别人（包括活着的人和死去的人）的劳动，我必須盡力以同樣的份量来報償我領受了的和至今還在領受着的东西。我强烈地嚮往着俭樸的生活，並且常常為覺自己佔着伶樸的生活，並且常常為覺自己佔有了同胞過多劳動而難以忍受。

——爱因斯坦

每天四問

第一問　我的身體有没有進步？
第二問　我的學問有没有進步？
第三問　我的工作有没有進步？
第四問　我的道德有没有進步？

——陶行知

一九八五年十一月書

趙樸初 [印]

赵朴初（1907—2000）
行书 格言两则
墨笔纸本 镜心
34cm×68cm

176

荒村野祠当塘终取芜

城作帝乡欲觅蔷薇菶

一畦○鈬四面种垂杨

一九九○年六月扬州访隋炀帝墓

樸初

赵朴初（1907—2000）

行书 访隋炀帝墓自作诗

墨笔纸本 镜心

57cm×33cm

禅师祖智又能悲 肯下灵山眠退之不是

辩才兼定力 怎教文伯为当宾 十载人

人又大书而今实证更何如 一亭一塔千秋对

海宇如云德不孤 一九八六年岁次丙寅四月

访灵山寺礼大颠禅师塔有作

赵朴初

又成长老印可

墨笔纸本 镜心

赵朴初（1907—2000）

行书 访灵山寺礼大颠禅师塔自作诗

墨笔纸本 镜心

69cm×34cm

至味唯咸蒜食初，视只吾茶源难明上口皆字俱

逢境堪夢依莆寺芝情玉為花未珍佛軍

子玉近借生涯￼年来逸少年恨習学云借珠芽地老

诗本乃逢稀之化乎

卅宿

赵朴初（1907—2000）
行书 陈曾寿《至味》
墨笔纸本 镜心
68cm×23cm

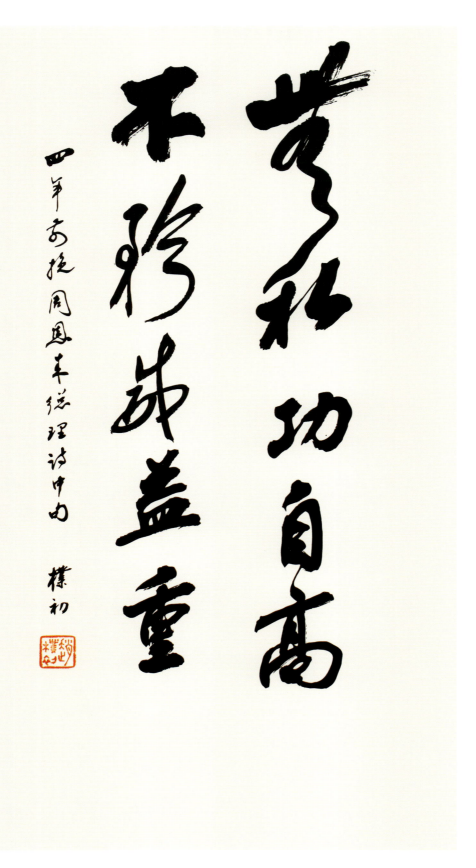

赵朴初（1907—2000）

行书 "无私功自高 不矜威盖重"

墨笔纸本 镜心

66.5cm×41.0cm

虚室生白 吉祥止止

秉之老棣属书

朴初

赵朴初（1907—2000）

行书 "虚室生白 吉祥止止"

墨笔纸本 镜心

25.0cm×66.5cm

赵朴初（1907—2000）

行书 "寿"

墨笔纸本 镜心

48cm×35cm

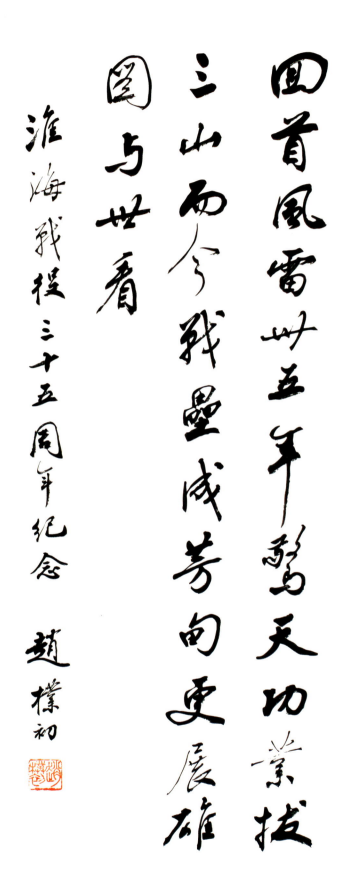

回首风雷卌五年鳌天功业拔三山而今战墨成芳向更展雄图与世看

淮海战役三十五周年纪念　赵朴初

赵朴初（1907—2000）

行书　淮海战役三十五周年纪念

墨笔纸本　镜心

68cm×34cm

水簾洞外吼風雷　千丈絲綸坐釣臺　八海歡呼孫大聖　神州閶闔九天開

樸初

申年元旦試筆

赵朴初（1907—2000）

行书 自作诗

墨笔纸本 镜心

34cm×57cm

赵朴初（1907—2000）
行书 "思携千嶂绿 点缀上林春"
墨笔纸本 镜心
81cm×34cm

昔日經過夫子廟秦淮于古煙籠烏衣巷口夕陽紅六朝成敗事往復盪心胸 五十年來桑海變神州躍虎飛龍喜聞禮器展蠻宮河清桃李盛化雨又春風

閒南京夫子廟修復喜作調寄臨江仙

一九八八年四月 趙樸初

赵朴初（1907—2000）
行书 调寄《临江仙》
墨笔纸本 镜心
89.5cm×66.0cm

昔在天童随公步月妙喻如珠

一花五葉卌年彈指遺言

常新破除迷信坦白光明

无五二年余与應慈法師因至天童寺月下

諸禪師以一華五葉喻佛教

无五二年八月 趙樸初

赵朴初（1907—2000）
行书 与应慈法师谈禅
墨笔纸本 轴
66cm×41cm

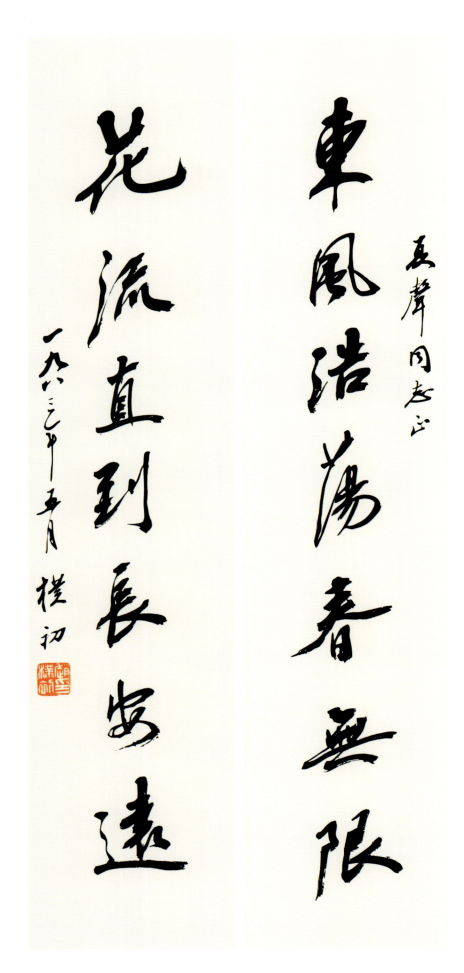

东风浩荡春无限

花流直到长安远

今与云南缘不浅，月时两度昆明西。
山翠笔一番新，有东花似锦含烟连。
城雉为峰生向晨趣，月山间水同寻春妙时。
事作诗人番天方一是明之风云。

昭通同志雅正

一九九年五月 赵朴初

赵朴初（1907—2000）

行书 西山飞缅甸自作诗

墨笔纸本 轴

67.5cm×33.5cm

起伏波澜忆念深高楼远望晚霞明光照层。

深浅绿无痕前时红艳渺难寻留得梦痕愿。

妙手帝有诗家才华史家心荆棘征途歌缓。

谁辨庄谐差许马长卿

调寄定风波书奉

胡续小友留念 一九九八年八月

赵朴初

赵朴初（1907—2000）

行书 调寄《定风波》

墨笔纸本 轴

69.5cm×33.0cm

190

試看吟哦況何起 盡淨這裡涌出來十年
赫赫唯心契一念明 與世獸情即安婆皆淨
土見除瓦礫盡珍臺 行人莫但東西執九
品蓮花香開

趙朴老詩詞精品 苐伯翱特記之

留念 樸初

赵朴初（1907—2000）
行书 自作诗
墨笔纸本 轴
85cm×46cm

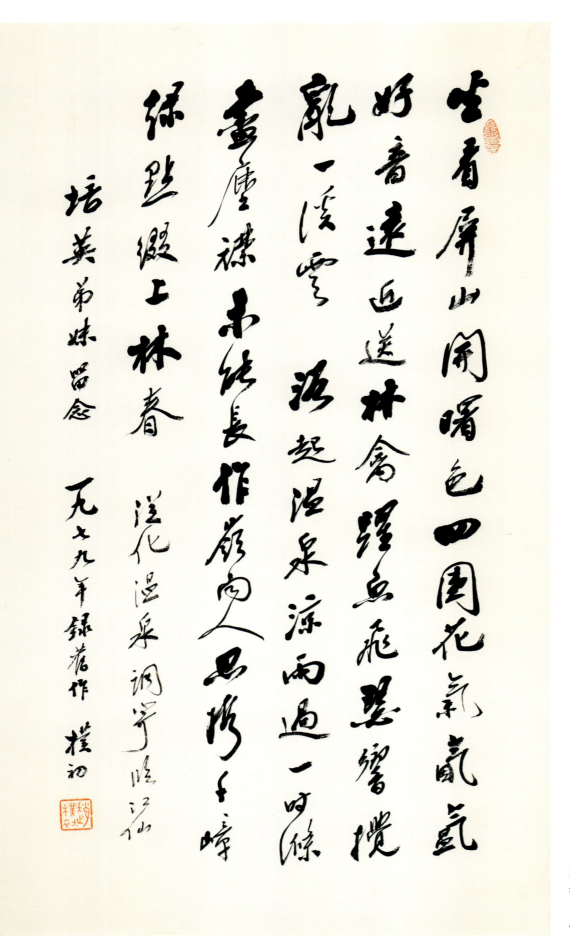

生看屏山開曙色 四圍花氣氤氲
好音遠近送林禽 經春飛恐響欖
亂一後雲 沸起溫泉涼雨過一時涼
畫塵襟不妨長作藕内人歌哟千峰
綠點綴上林春

培英弟妹留念

一九九年錄著作 樸初

送花溫泉調寄臨江仙

赵朴初（1907—2000）
行书 调寄《临江仙》
墨笔纸本　轴
76cm×46cm

太行红旗渠今朝喜得见图南 太行山引漳入林脉涌河如野生愁不受
羁绊啼吼送寿实千古为祸患铁壁载其流强迫使就范静随渠
道行宛转统筹司支斡如纲布伸展通八面水库蓄其馀山瓜攀藤
益史站藉之力健原俦不妨高山林木民梯田通道精工磨牧剖渔
群星光耀林野穷僻乡四塇皆荒嶤据井不浮泉世之苦辛孤甚人相食
涸壑民流散今苟满天同人间奇踪现奇踪普深思谁使洛桑变马列之
理论导师之躬残赏竟之颂遵导鼓昆张之志愿旅行晚有方成功力自无限誉
道立磐者决心排万难乾转之坤旋何事不可辨我束倍成雷频觉
膝脚健红英汇流变萱高俯银汉举庑礼英雄雄自红旗通事业新又
新涸天霞影娥

天七二年四月季春
红旗渠有作
赵朴初

参赞华夷位高隆，德人大炬辉煌五大洲宇宙
浩荡，遍人寰风雪夜起排天浪，同霸主还能竞日狂，
源头湘土江一切归吾堂，马列真知威力强，毛泽东思
想光千文，广国庆文忧伤，念绵遥跟难痛导师
长往仰功勋高过苍穹上，感德泽注泽东海广焕
坚持换骨方，为人民遥存报动消悠悠闷勾毫喜志
源长，代悲痛为力量

一九七八年十月
心一月志存念即席

赵朴初

赵朴初（1907—2000）
行书 《永难忘》
墨笔纸本 横披
67.5cm×136.0cm

永难忘（曲）

吉日辰良高秋气爽，朝阳万里山河壮年，一样好风光，尽在眉心情绪两样。

李承难忘。天安门洋、人海腾欢浪似饶、星旗耀八方。一弹指九迴肠三十七年前

"中国人民……"洪钟响地动天惊恨以燎百年

历经千年锻炼，一古脑历根见埋葬，今与首试

评量看此日南国风云气豪想当年万户萧疏冤

唱不走红旗捷越农奴战不是金猴奋起千钧

棒不走导师钱军有宏网，怎能浮万古乾坤改

向？多年又见战涛桑拨妖雾不断导飞航

寿神州大庆无尽藏看铁人吼翻了黑龙江看愿

工双送了狼富掌赤肺仙夺浮了神农百草箱工

赵朴初（1907—2000）

行书 《反听曲》

墨笔纸本 镜心

38cm×94cm

反聽曲

聽話會反聽，精怪現原形。她说是"不普通的党员"地

说是"不小、老首姑、脏儿相似、事相名、躲一丘等狼一群五"

丟句苟平是一家人。　好一个"战友和学生、病床苟你

干的是什么行往，难道还有一些、悼念之气、一亮、沉

病之情，居狼儿走扳徒冒名，要于花园糊

开火，里头巾包生祸心，诈不送热热装，松園栖野心宫

过虎头棒，革命的词儿高唱入云及革命的事儿见

不得(见苦得人)此没告卖黑材过脏儿不承认里通

外国啊、出卖机密啊、等、纸、走谋言谣言还

硬是要。进查进到根，再有一付肩家好本钦贼喊捉

贼装正佳拿起哈、镜子照官八、　武听修武豪

拿答改手师指天、又割装又曲解修正马列经女

拉大旗、暗生、向骨精蒙蔽低拐奇天蛋铜钱骂、

儿股役日属、惨洪往昔，无非是、苦完孝权生意绕施

赵朴初（1907—2000）

行书 庆祝自卫反击战胜利

墨笔纸本 轴

62cm×91cm

赠青年一代

赠言如照宝 贵之不嫌少
做人要立志 廉洁勤自扫
为姓与己 本末不可倒 身
家枝叶年 根厚树自好 趾
士甘指躯 志唯民是保 小慈
不足道 大事须了 非正不饶
奇宁拙勿求巧 登山视野远
生井观天小 需为人民牛美
作蟠颈草

一九六八年 八月十二日

赵朴初

赵朴初（1907—2000）
行书《赠青年一代》
墨笔纸本 镜心
53.5cm×81.0cm

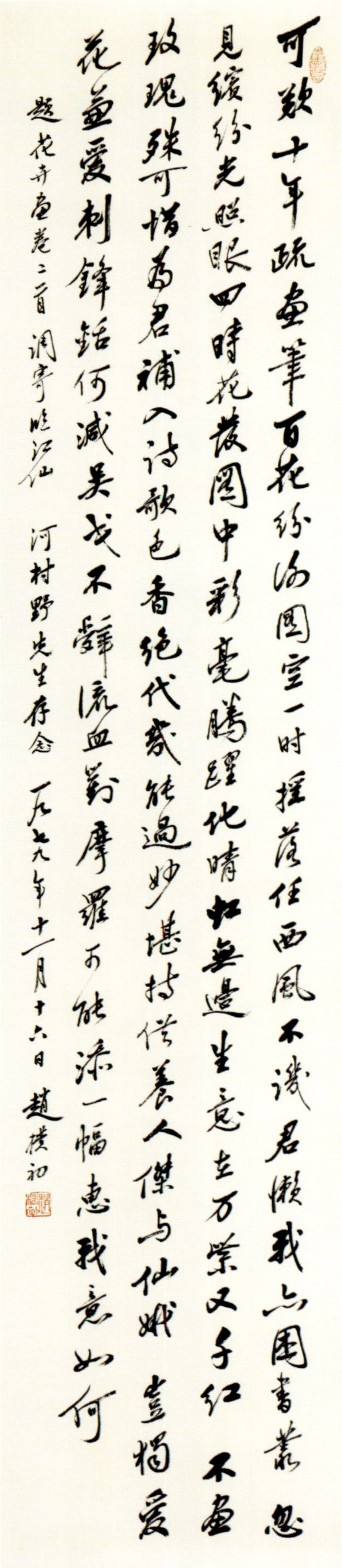

赵朴初（1907— 2000）

行书 题花卉画卷二首

墨笔纸本 轴

145cm×30cm

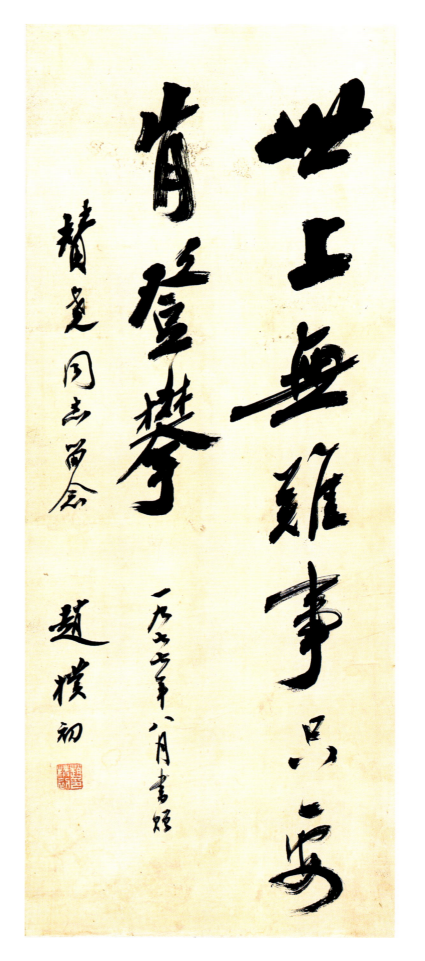

赵朴初（1907—2000）

行书 "世上无难事 只要肯登攀"

墨笔纸本 轴

67.0cm×26.5cm

九萬里遠迎以八一年重上黃洋一邱一壑療行藏于婆子孃新模樣嵩岑静

糊乘山岳昆莺歌唤起風雷蕩水源之流不盡絕妙好文辛新詞一至百花放

看四面八方颜暢倚伴同参齊唱一曲胸襟頓開顛三舞天地為低昂迤人寰雙

玉火連雲狂獵獵紅旗玉庚揚人心壯膽高更有高峰上便九天攬月也兴尋

常君不見四海糊騰五洲震蕩之天糊地竅恢而慷更紅霧随心糊作

浪夢廖意飛揚信詩心萬古騰光祝詩人萬壽無疆

凱歌還迄一九七六年一月读

毛主席詞二首敬作　劉隆同志雨正　一九七八年六月　趙樸初

啟功以赤膽忠心之頌照劉隆同志吾見没書

赵朴初（1907—2000）

行书 毛泽东词二首

墨笔纸本　轴

80cm×42cm

独坐幽篁里 弹琴复长啸 深林人不
知 明月来相照 王摩诘诗

连芳同志留念 一九八九年二月 赵朴初

赵朴初 （1907—2000）
行书 王维《竹里馆》
墨笔纸本 轴
68.5cm×22.5cm

赵朴初（1907—2000）
行书 "美意延年"
墨笔纸本 轴
59.3cm×27.6cm

壽無量福無邊無是無非無煩惱

佛曆二千五百二十八年乙丑夏仲

人有緣度有難有因有果有菩提

趙樸初書於無盡意齋

赵朴初（1907—2000）

行书 "寿无人有" 十三言联

墨笔蜡笺本　轴

242cm×28cm×2

赵朴初（1907—2000）

行书 致此生手札

墨笔纸本 镜心

26.5cm×78.5cm

赵朴初（1907—2000）

草书 "无尽意"

墨笔纸本 镜心

69cm×24cm

春节家家储爆仗 都为今朝大鸣放 罗立花主意中
问却是喜送天上降 璀璨照座天枢亮 荆棘锄根
禾秉庄 天安门上动欢声 八万人心所向
调寄四海欢 中共十届三中全会胜利之后喜作 赵朴初

赵朴初（1907—2000）
行书 调寄《四海欢》
墨笔纸本 轴
103.5cm×31.0cm

荒祠枕旧温雪埋残叠城作弊

乡故觅蔷薇紫一班可触四面程垂

杨无几年十一月十五日访隋炀帝墓

人希同志命书

赵朴初

赵朴初（1907—2000）
行书 访隋炀帝墓自作诗
墨笔纸本 轴
82cm×31cm

赵朴初（1907—2000）
行书《八声甘州·咏梅》
墨笔纸本 横披
70cm×93cm

舍南舍北皆春水，但见群鸥日日来。花径
不曾缘客扫，蓬门今始为君开。盘飧
市远无兼味，樽酒家贫只旧醅。肯与
邻翁相对饮，隔篱呼取尽余杯 杜甫诗

一九八六年十二月二日 赵朴初

赵朴初（1907—2000）
行书 杜甫《客至》
墨笔纸本 轴
70cm×35cm

赵朴初（1907—2000）
行书 调寄《好事近》
墨笔纸本 轴
67.5cm×32.0cm

看挽银河照砚池宣
城玉版俗遮思澄心
旧制知何似赢得千
秋绝妙词 一九八〇年九月为

安徽宣纸厂作

赵朴初

赵朴初（1907—2000）
行书 为安徽宣纸厂作
墨笔纸本 轴
64.5cm×46.0cm

我携端州砚恒思荣严魂贞刚见其骨

静穆寓其神光润观其容净琅聆其

鸣昔有昌若于比之于紫云丰知风涛

险手栽留血痕兮敢持一片寄赠余

良人时手记屡归两郡之弟视长陪

盲圣像永作墨花春

为端砚展出作

朴初

赵朴初（1907—2000）

行书 为端砚展出作

墨笔纸本 轴

80.0cm×45.5cm

214

唄讚香華禮藏經大心信

功作干城南天北地同迴向

國土莊嚴利有情

一九八二年六月十日北京香港佛教四眾華行

昭受大藏經法會敬拈一偈奉和聖一法師

趙樸初

赵朴初（1907—2000）

行书 奉和圣一法师而作偈句

墨笔纸本 轴

89.0cm×38.5cm

欢腾四海望红旗辉映碧空万里卅五年前狮子吼中国人民站起力拔三山令由一统功业谁堪比拟天翼展鹏程自此开启莫诩小颇风尘重新抖擞又见龙飞矢上下五千年未见八亿农民欢喜尾脊车驰沧波油涌沙漠生桃李长城天矫张天前进声裹

建国三十五周年献词 调寄百字令 赵朴初

赵朴初（1907—2000）

行书 调寄《百字令》

墨笔纸本 轴

82cm×38cm

蜒人取大非常业世界泛荒事新五
十万年迢一瞬遥看今日北京人 历史博物馆
端起巢湖常水瓢那方乾旱那方涝拔 记巢湖
山盖此重瞳于岂识吾民忒气象 农民谣

录旧作绝句二首 一九七八年十一月二日 赵朴初

赵朴初（1907—2000）
行书 录旧作绝句二首
墨笔纸本 轴
69.0cm×32.5cm

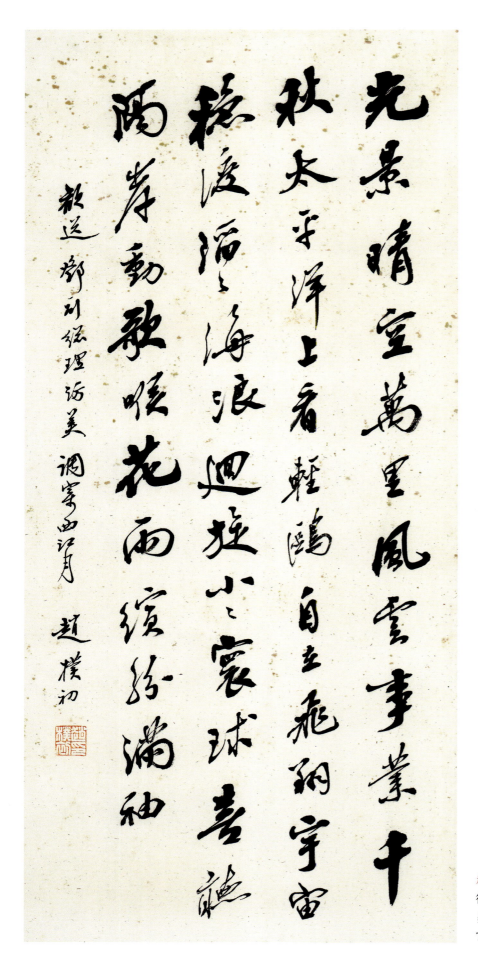

光景晴空萬里風雲事業千
秋太平洋上看輕鷗自在飛翔宇宙
縱渡滄海浪迴旋小心寰球喜起
兩岸動歌喉花雨繽紛滿袖

敬送鄧刘經理訪美 調寄西江月

趙樸初

赵朴初（1907—2000）
行书 调寄《西江月》
墨笔纸本 轴
72cm×33cm

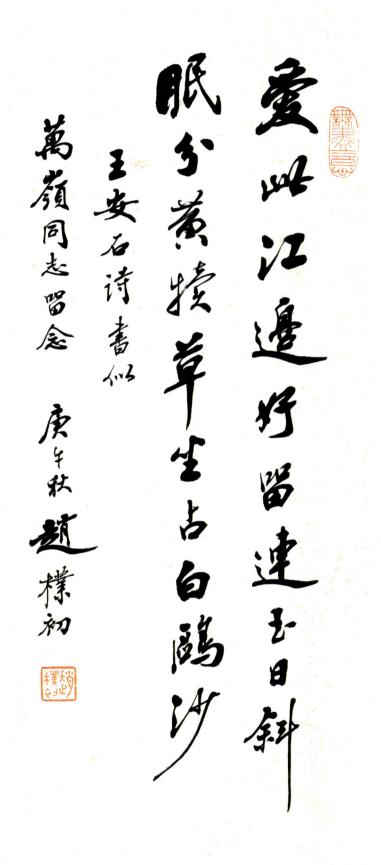

愛此江邊好留連 玉日斜
眠分黃犢草生占白鷗沙

王安石诗 書似

萬嶺同志留念

庚午秋 趙樸初

赵朴初（1907—2000）

行书 王安石《题舫子》

墨笔纸本 轴

68.0cm×34.5cm

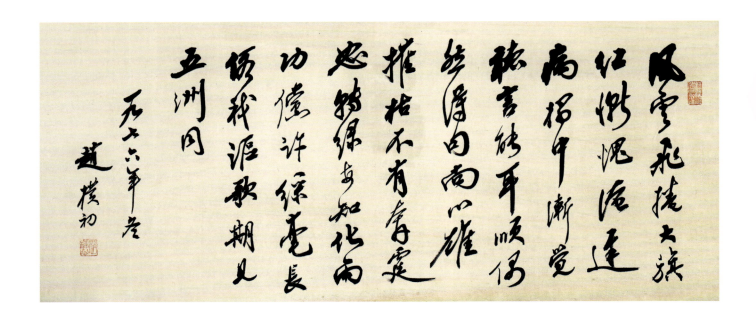

风雪飞捣大旗
红绸烟海边
高揭千渐堂
稜耆铮年顺侣
终浑自南以雄
排枯不有眷霆
忠绵绿岁如化雨
功德许绿电长
隋我派歌期又
五洲同

一九八六年冬
赵朴初

赵朴初（1907—2000）

行书 自作诗

墨笔纸本 横披

34.0cm×79.5cm

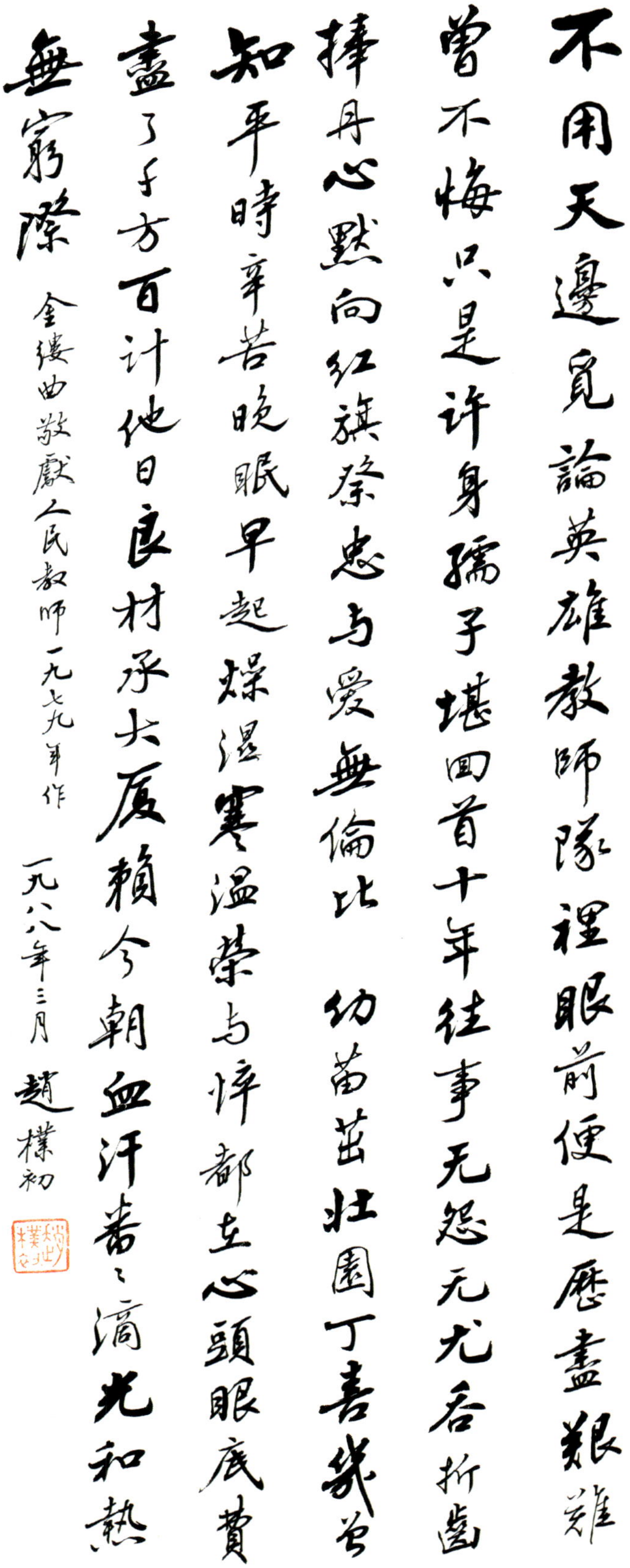
不用天邊覓論英雄教師隊裡眼前便是歷盡艱難
曾不悔只是許身孺子堪回首十年往事无怨无尤吞折齒
捧丹心默向紅旗祭忠與愛無倫比 幼苗茁壯園丁喜幾人
知平時辛苦晚眠早起燥濕寒溫榮與悴都在心頭眼底費
盡了千方百計他日良材承大廈賴今朝血汗番番滴光和熱
無窮際
金縷曲敬獻人民教師一九七九年作
一九八八年三月
趙樸初

赵朴初（1907—2000）

行书《金缕曲·敬献人民教师》

墨笔纸本 轴

83.5cm×34.0cm

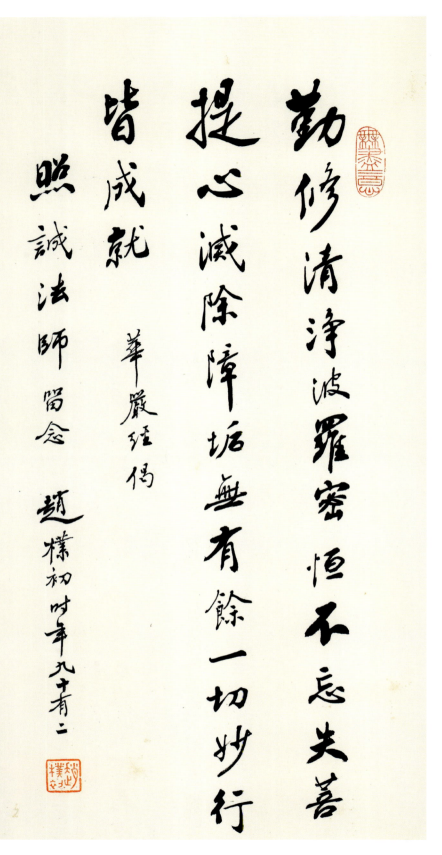

勤修清净波罗密 恒不忘失菩提心 灭除障垢无有余 一切妙行皆成就

华严经偈

照诚法师留念

赵朴初时年九十有二

赵朴初（1907—2000）

行书 《华严经》句

墨笔纸本 轴

62.5cm×34.5cm

忍辱負重艱勞正而首丘山

折齒孤子食草一抔乳如江流

鞠躬盡瘁无妈无无將畝玉裁

人民之牛 舊作感遇一首

余雲同志留念 一九八一年 樸初

赵朴初（1907—2000）

行书 《感遇》

墨笔纸本 轴

66.5cm×33.0cm

墨笔纸本　轴

66cm×33cm

寺古深林擁　心清勝地遊　候迎勞長老
砥柱念中流　夢捨千僧鑰　人過五比丘宗
風應未歇香　迅看從頭

一九八六年二月十七日登鼎湖山訪慶雲寺有作錄奉

蘊空長老暨　諸善知識慧鑒

趙樸初

赵朴初（1907—2000）

行书《游鼎湖山庆云寺》

东台顶盛夏尚披裘天看
霞衣迎日出峰腾云海作
舟浮朝气满神州 五台山观日出

一九九九年十一月三日录旧作 朴初

赵朴初（1907—2000）

行书 《五台山观日出》

墨笔纸本 轴

66cm×34cm

燧人取火非常業　世界遷
若事新五十萬年過
一瞬還看今日北京人

舊作北京歷史博物館絕句　一九九四年三月　樸初

赵朴初（1907—2000）
行书 《北京历史博物馆绝句》
墨笔纸本 轴
69.0cm×33.5cm

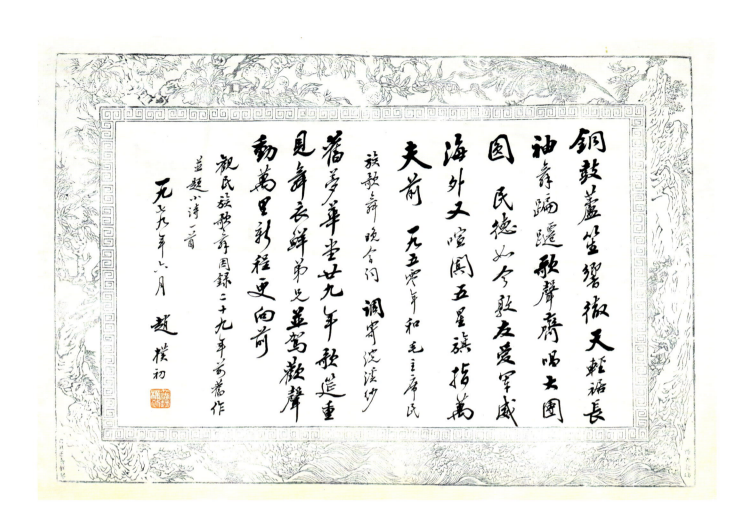

赵朴初（1907—2000）
行书 观民族歌舞诗二首
墨笔纸本 横披
34.0cm×79.5cm

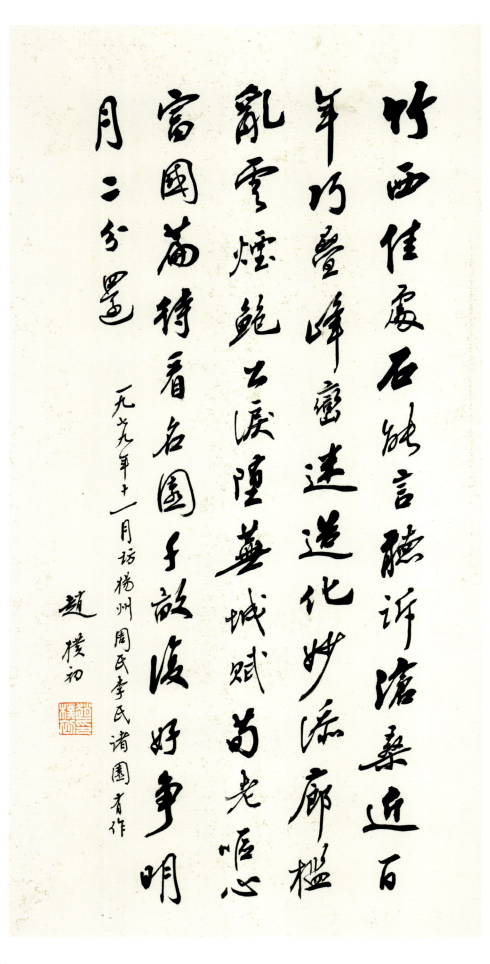

竹西佳处石能言 听诉沧桑近百

年巧叠峰峦进进化 妙造廊槛

乱云烟艳云溪墮芜城 赋古老怀思

富国萬特看名园于故复好事明

月二分墨

一九九二年十一月访扬州周氏李氏诸园有作

赵朴初

赵朴初（1907—2000）

行书 访扬州周氏李氏诸园自作诗

墨笔纸本　轴

66.5cm×33.5cm

款帆侧舵孛中流人立波
涛怒打头渐水高山千里遥
更乘风浪下温州

无十九年录著作过瓯江　赵朴初

赵朴初 (1907—2000)
行书 《过瓯江》
墨笔纸本 轴
70.0cm×33.5cm

合掌禮肅然
旃檀雕刻踵優填
象法賴東傳
功德慶千年
願恒隨喜共群賢
花雨遍三千
心地共清涼
瑞像光明照兩邦
情意海天長

佛曆二千五百三十年十一月
日本清涼寺國寶
釋迦如來瑞像迎奉一千年慶讚
中國佛教協會
會長趙樸初敬撰並書

赵朴初（1907—2000）

行书 释迦如来瑞像迎奉一千年庆赞

墨笔纸本 横披

68cm×132cm

卜算子
柔条移我水仙花方似家人送
牡丹二笠米中有一枝含苞
待放時丁丑除夕也至元旦
盛開

而過天青盆仙亦凌波淺
為我殷勤七日始吐香
似戀 賀帖寶絡虎眉
寶雲初散知是誰條
作衾寒歲有一枝紅艷
一枝紅艷窃謂涨者李白詠
牡丹詩也

浪玉林
牡丹花似捨玉庭輝三九上
色香供凭
壽英猶自戀仙姿淡著胭脂
上玉肌細、飾香釀多思真
俯難待此鶯花更覓伊
戊寅之日
閑若

赵朴初（1907—2000）
行书 自作词二首
墨笔纸本 镜心
23.5cm×69.0cm

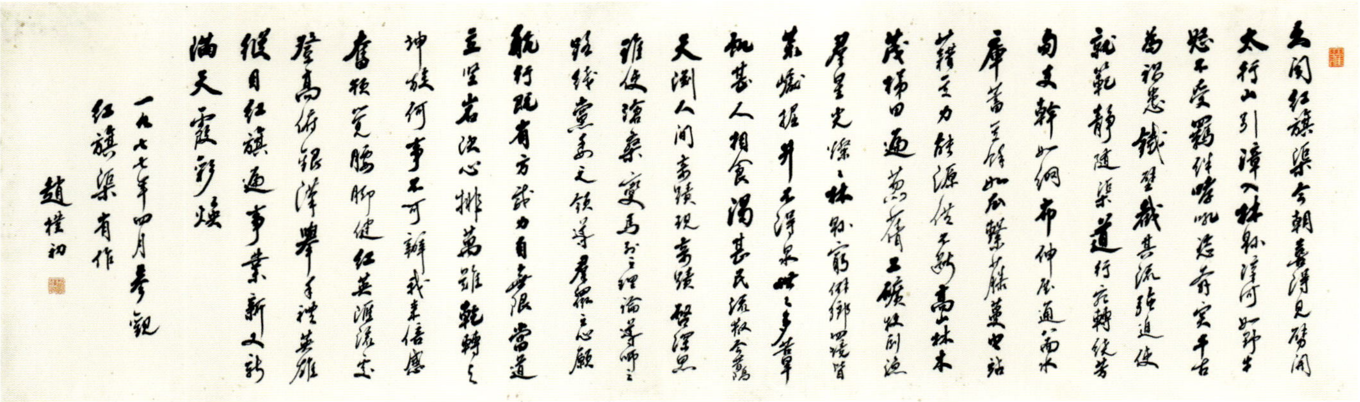

赵朴初（1907—2000）

行书 《红旗渠颂》

墨笔纸本 镜心

65cm×232cm

寺以獨樂名而具大悲心宗宗立

千載寺々度群生

趙樸初

一九八三年十月七日

访独乐寺得此半偈

赵朴初（1907—2000）

行书 《访独乐寺》偈句

墨笔纸本 镜心

69cm×24cm

赵朴初（1907—2000）

行书 "志当存高远"

墨笔纸本 镜心

16.3cm×59.5cm

234

天霞地雨年间十万军民奋战飞下玉虹发电引来万户分甘天津佛续看清溧挥国红旗耀焕 西江月

一九八三年十月参观引滦入津工程作 朴初

赵朴初（1907—2000）

行书 《西江月》

墨笔纸本 轴

69cm×35cm

可歌十年疏豪笔 百花齐放国室一时擅胜任西风

不谈君懒我上国书丛 忽见缤纷花照眼四时花发

图中彩蛋腾跃化晴虹无边生意工万紫千红 不尽

玫瑰珠可惜为君浦入诗歌色香绝代戟能过妙塘枝信

美人杰与仙姝 岂独爱花垂爱刺锋铝何减美戈不群

流血莘摩罗可能添一幅恣我意如何 右小令二首

文钧同志存念 所希 雨正
一九七八年十月 赵朴初

赵朴初（1907—2000）
行书 小令二首
墨笔纸本 轴
76.0cm×38.5cm

236

隆莲法师赠首却砚赋谢 偈多石眼碧色

大者如菽豆 细者若微尘 易下墨而不损笔

首却之石磨而不磷 千眼观世炯炯有神天

授砚田供人笔耕 墨光九转五色文成 不损毫

末云苗日新 遐承师惠 仰荷佛恩濡笔

展素首写心经

一九九七年十月二日

赵朴初（1907—2000）
手札之一
墨笔纸本 册页
21.0cm×15.5cm

译笔功同创作深 几多冤寻、

谁知炼石补天心 喜见宋文鹜海外

更看新集重刊林长风万里听龙吟

浣溪纱 为大作李清照漱玉词英译稿

戚感斌原韵奉题

于美教授词集 一九八二年二月 赵朴初

赵朴初（1907—2000）

手札之二

墨笔纸本 册页

21.0cm×15.5cm

胡也佛（1908—1980）
春风杨柳
设色纸本　轴
63cm×30cm

陆抑非（1908—1997）

锦鸡图

设色纸本 轴

135cm×67cm

孔雀图

设色纸本 镜心

55cm×67cm

吴作人（1908—1997）

戏藻

设色纸本　轴

69cm×45cm

吴作人（1908—1997）

双鹅图

设色纸本　轴

68cm×46cm

吴作人（1908—1997）

大漠

墨笔纸本　轴

44cm×68cm

吴作人（1908—1997）

藏原奔牦

墨笔纸本　镜心

95cm×61cm

吴作人（1908—1997）

奔苍苍

墨笔纸本 轴

70cm×41cm

吴作人（1908—1997）

奋进

墨笔纸本 轴

98cm×69cm

吴作人（1908—1997）
齐奋进
墨笔纸本 轴
133cm×68cm

吴作人（1908—1997）

牦奔

墨笔纸本 轴

69cm×46cm

何海霞（1908—1998）

放舟松岩

设色纸本 轴

69.0cm×45.5cm

陈少梅（1909—1954）

仿宋人松泉图

设色纸本　轴

32.0cm×53.5cm

陈少梅（1909—1954）

仕女图

设色纸本 轴

115.0cm×36.5cm

洞庭秋色

殷梓湘（1909—1984）

洞庭秋色

设色纸本 镜心

69cm×133cm

峡江图

峡水凌江起　岩抛古槎图　一九八二年二月于藐翁堂　宽　陆俨少　启记

陆俨少（1909—1993）

峡江图

设色纸本　轴

96cm×44cm

丁卯之秋正为

良悦嬰伉儷宜永永供養

志堅

空卜

百福俱臻

迎雅呈祥

陸儼少并識

於秀亥

陆俨少（1909—1993）

降福图

设色纸本 轴

68cm×34cm

峰嵘同志正之 一九八二年五月 陆俨少写

陆俨少（1909—1993）

云松飞瀑

设色纸本 轴

56cm×29cm

陆俨少（1909—1993）
山路杖策
设色纸本 轴
67cm×44cm

陆俨少（1909—1993）

梅石图

设色纸本 轴

66cm×33cm

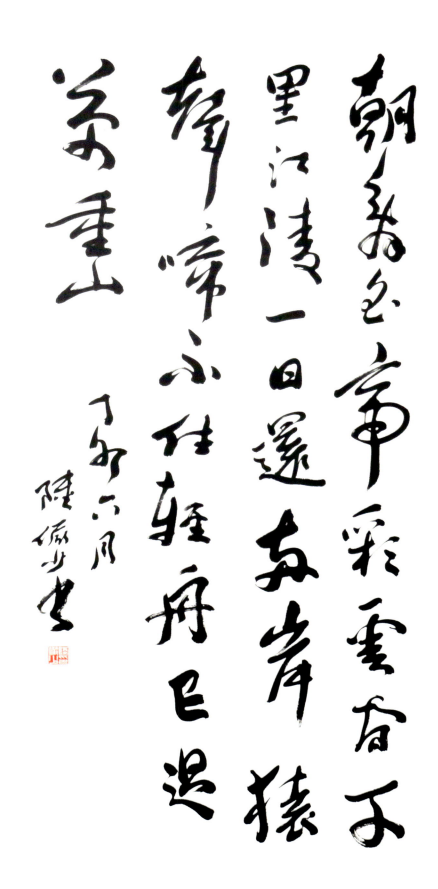

朝辞白帝彩云间，千里江陵一日还。两岸猿声啼不住，轻舟已过万重山。

丁卯六月 陆俨少书

陆俨少（1909—1993）
行书 李白《早发白帝城》
墨笔纸本 轴
136cm×66cm

陆俨少（1909—1993）

松岭云霭图

设色纸本 轴

107cm×50cm

陆俨少（1909—1993）

云壑幽居图

设色纸本 轴

136cm×68cm

树色山光远不分 秋来紫翠
自成文 楼头客至浑无语 且
看岩前逐白云 癸未秋写
祥熊仁兄 雅属 应野平

应野平（1910—1990）

紫翠白云图

设色纸本 轴

122.0cm×65.5cm

冰心同志正之
桃人唐
云戊午二月画

唐云（1910—1993）
花鸟
设色纸本 轴
84.5cm×37.5cm

唐云（1910—1993）

荷塘清趣

设色纸本　横披

31.5cm×75.0cm

唐云（1910—1993）

三友图

设色纸本 轴

93cm×45cm

唐云（1910—1993）

映日荷花别样红

设色纸本 轴

107.0cm×54.5cm

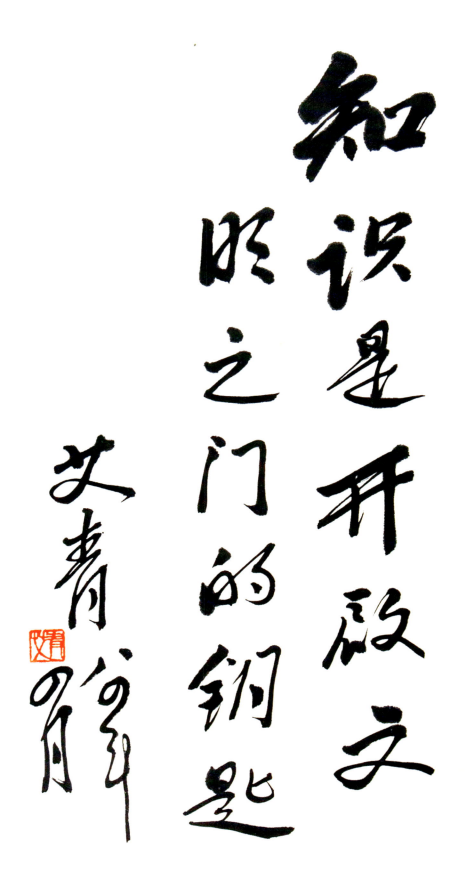

艾青（1910—1996）

行书 "知识是开启文明之门的钥匙"

墨笔纸本　轴

68cm×38cm

谢稚柳（1910—1997）

翠岭松泉图

设色纸本 轴

135.5cm×67.8cm

昔時馮高唐神女諸賦較愛其遣藻賜義常紫規劃姓之多文固憑往嘉家者
流於人歎史臧涵神諸文俱有圖繪獨未九有當高唐神女作圖者獨而憶為藝歲雅
燦煙觀石窟壁畫萬世於朽有唐之烏黎回以唐人注疑為是圖易上為巫山則完魏時臧也
聊作首創非勸娘數家畫六礼暉性臾亢書

壮柳簃謝稚并記

谢稚柳（1910—1997）

高唐神女图

设色纸本　轴

126.0cm×58.5cm

谢稚柳（1910—1997）

石禽图

设色纸本 轴

116.5cm×45.0cm

谢稚柳（1910—1997）

红叶小鸟

设色纸本 轴

89.0cm×36.5cm

谢稚柳（1910—1997）

雪江归棹图

设色绢本　轴

123cm×69cm

谢稚柳（1910—1997）

秋趣

设色纸本 轴

76cm×46cm

黎雄才（1910—2001）

松泉图

设色纸本 横披

69cm×137cm

朱梅邨（1911—1993）

晚凉新浴

设色纸本 轴

95.5cm×42.5cm

萧淑芳（1911—2005）

欣欣向荣

设色纸本 轴

53.5cm×32.5cm

徐邦达（1911—2012）
旭日
设色纸本　轴
67.5cm×46.0cm

徐邦达（1911—2012）

明月松间照 清泉石上流

设色纸本 轴

68.5cm×48.0cm

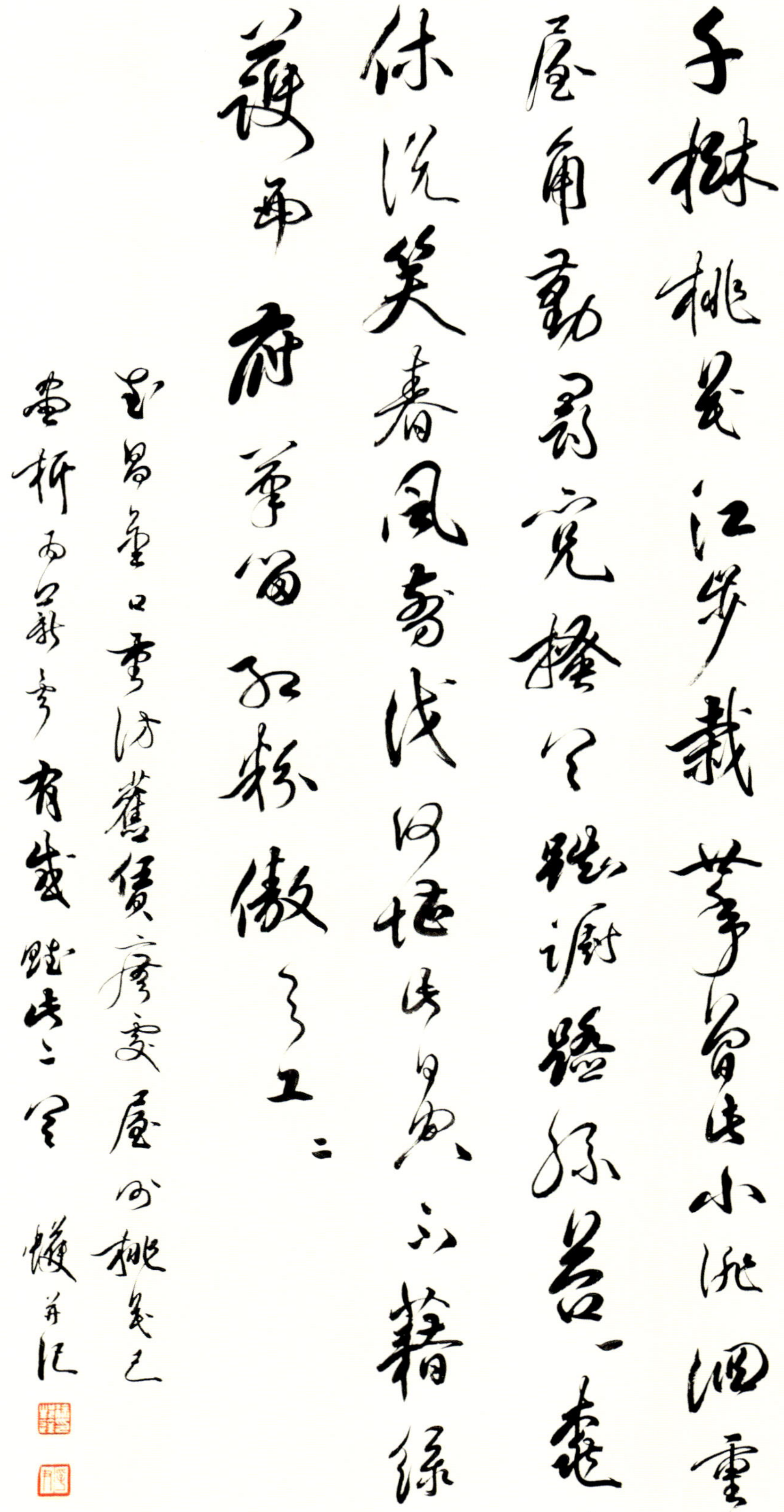

徐邦达（1911—2012）
行书 自作诗二首
墨笔纸本 轴
131cm×65cm

关山月（1912—2000）

春梅

设色纸本 轴

177cm×94cm

陈大羽（1912—2001）

红菊

设色纸本 册页

24cm×32cm

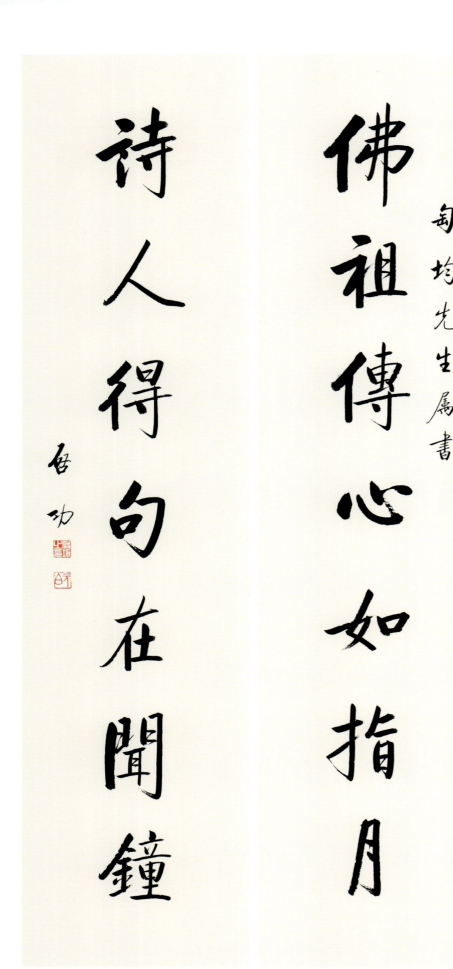

佛祖傳佛心如指月

詩人得句在聞鐘

匋均先生屬書

启功

启功（1912—2005）
楷书 "佛祖诗人" 七言联
墨笔纸本 轴
132cm×32cm×2

独立寒秋，湘江北去，橘子洲头。看万山红遍，层林尽染；漫江碧透，百舸争流。鹰击长空，鱼翔浅底，万类霜天竞自由。怅寥廓，问苍茫大地，谁主沉浮？携来百侣曾游，忆往昔峥嵘岁月稠。恰同学少年，风华正茂；书生意气，挥斥方遒。指点江山，激扬文字，粪土当年万户侯。曾记否，到中流击水，浪遏飞舟。

一九五一年 启功书

启功（1912—2005）

行书 毛泽东《沁园春·长沙》

墨笔纸本 轴

125cm×31cm

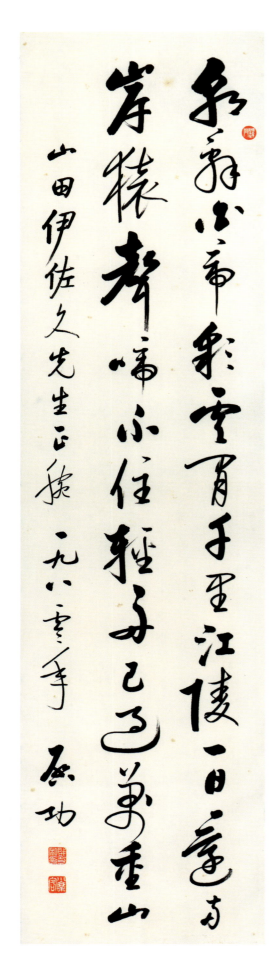

启功（1912—2005）

行书 李白《早发白帝城》

墨笔纸本 轴

129cm×34cm

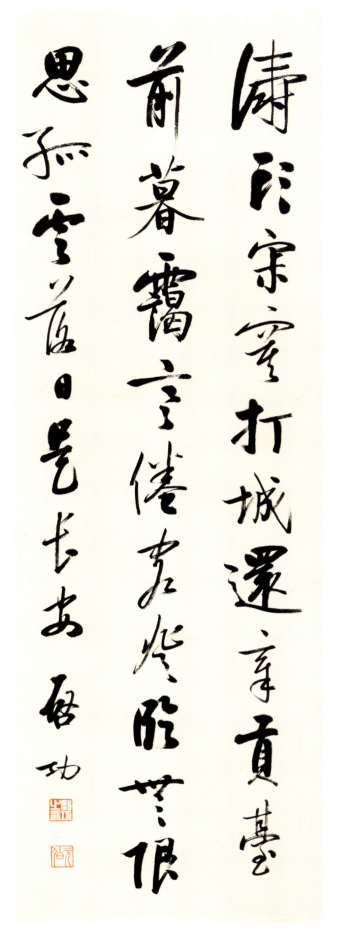

启功（1912—2005）

行书 苏轼《虔州八境图·章贡台》

墨笔纸本 镜心

131.0cm×42.5cm

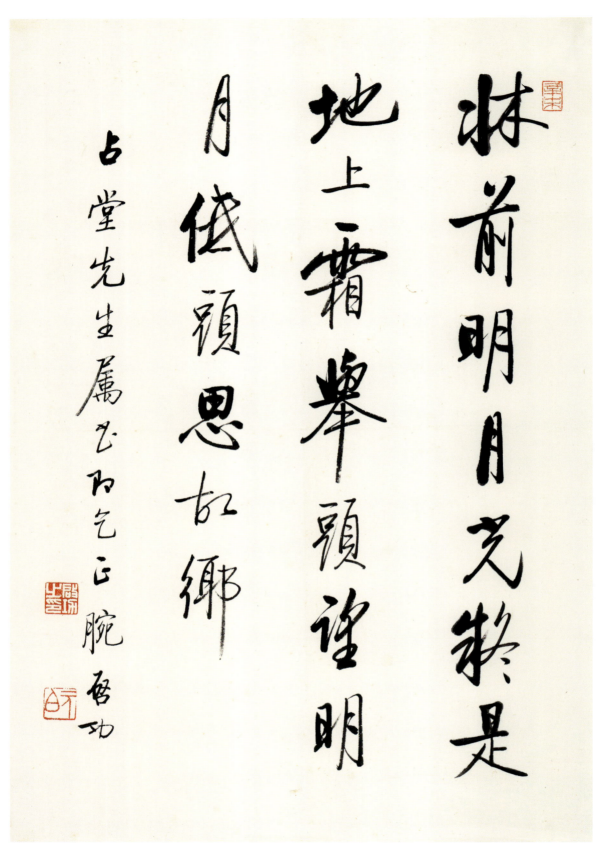

床前明月光 疑是地上霜 举头望明月 低头思故乡

古堂先生属书丙戌正腕启功

启功（1912—2005）
行书 李白《静夜思》
墨笔纸本 轴
68cm×46cm

供漓萬點墨痕鮮，家法敷巳不
傳試向姚邨尋監本青螺微當
瑣寒烟　己丑秋日啟功

启功（1912—2005）

溪山幽居图

设色纸本　轴

110.0cm×32.5cm

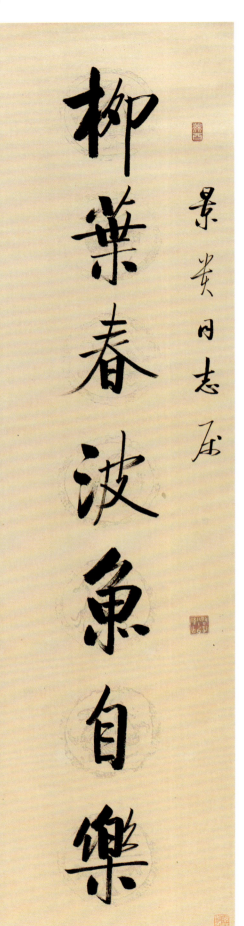

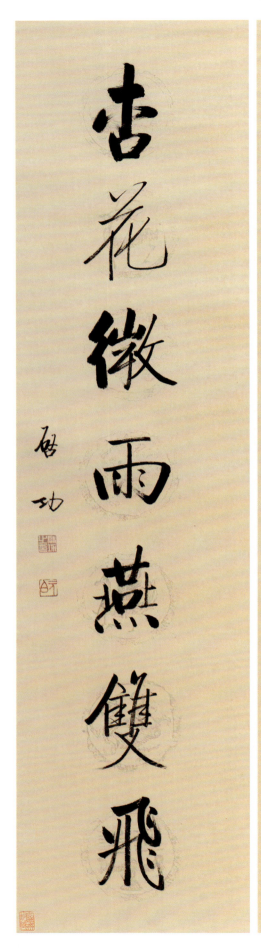

杏花微雨燕雙飛

柳葉春波魚自樂

景岱同志屬 啟功

启功（1912—2005）

行书 "柳叶杏花" 七言联

墨笔纸本 轴

136.0cm×33.5cm×2

288

鹫翎金仆姑，燕尾绣蝥弧。
独立扬新令，千营共一呼。
林暗草惊风，将军夜引弓。
平明寻白羽，没在石棱中。

纯尧同志正书
一九七六年夏 启功

启功（1912—2005）
行书 卢纶《和张仆射塞下曲·其一》
墨笔纸本 轴
83cm×31cm

启功（1912—2005）

松下高士

设色纸本 轴

31.0cm×6.8cm

暝色高楼听玉箫一襟太白惹喧嚣千年万烬征云继缘月

苦宗寒词成侧艳无雕饰徒吹音中律自斋谁识伤心温助教

方行征雁一声难一江春水向东流命世才人踪上游末路非

不幸两篇绝调昭千秋新月平林鹊踏枝风行水上按歌时郭

中唱出吾能解不必谨称白雪词词人于世最堪哀衢字当不隙

逐乖岁岁情如摩吊柳仁宗怕死娇懒才潮来万里有情风浩瀚通明

竟长公正气数新声传妙绪不浇檀板大江东

汉昇吾兄相别三十年矣一九七九年秋重晓书此请正　启功

启功（1912—2005）

行书　自作诗

墨笔纸本　轴

125.5cm×62.8cm

久有凌云志重上井冈山千里来寻
故地旧貌变新颜到处莺歌燕舞更
有潺潺流水高路入云端过了黄洋
界险处不须看 风雷动旌旗奋是
人寰三十八年过去弹指一挥间可
上九天揽月可下五洋捉鳖谈笑凯
歌还世上无难事只要肯登攀

毛主席词水调歌头重上井冈山一首

一九七六年三月书于首都 启功

启功（1912—2005）

楷书 毛泽东《水调歌头·重上井冈山》

墨笔纸本 轴

131.5cm×31.5cm×4

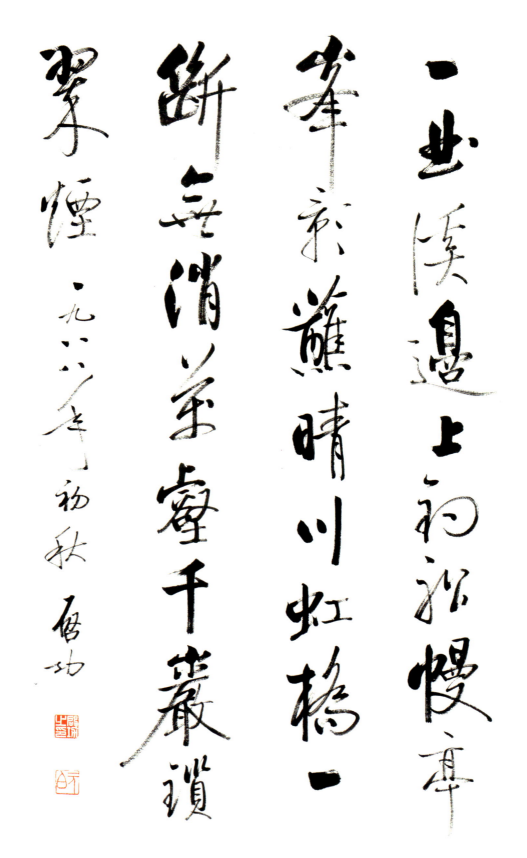

一曲溪邊上釣船 幔亭峰影蘸晴川 虹橋一斷無消息 萬壑千巖鎖翠煙 一九八六年初秋 啟功

启功（1912—2005）
行书 朱熹《九曲棹歌》句
墨笔纸本 轴
94cm×59cm

淡如秋水闲中味

和似春风静后功

秉熹同志正 启功

启功 (1912—2005)

行书 "淡如和似" 七言联

墨笔纸本 轴

128.8cm×31.0cm×2

義之白奉告反側伏想此安和伯熊過此之必酸

太常司州惟垂心義之平一日白真義之白

送此鯉魚還與敬耶不在不乃邑之不月半衰怛

夫人遂善平康也冀不可不美復面王羲之再拜

一九七六年友胎閣帖泉州本於小京小宅蒼菴 啟功

啟功（1912—2005）

行书 临阁帖泉州本

墨笔纸本 轴

111cm×41cm

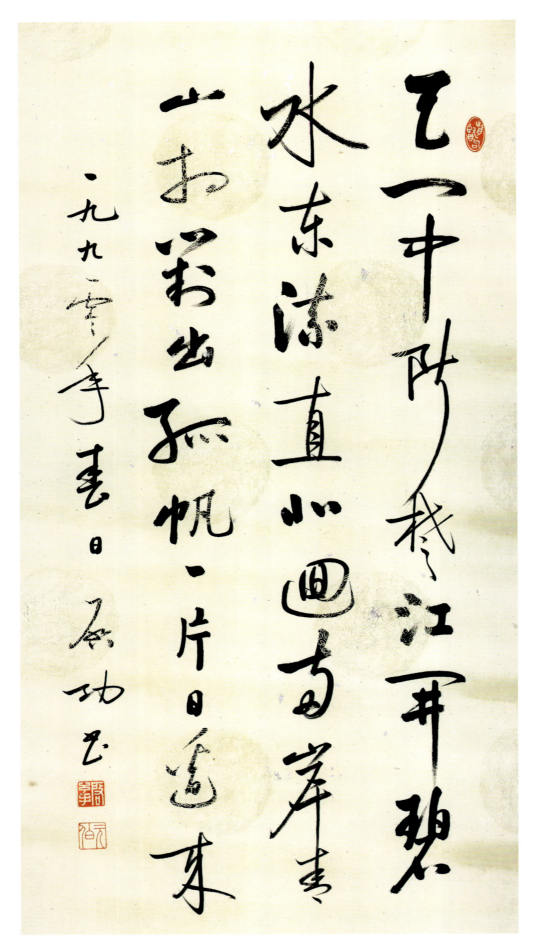

天门中断楚江开，碧水东流直北回。两岸青山相对出，孤帆一片日边来。

一九九一年暮春日 启功

启功（1912—2005）

行书 李白《望天门山》

墨笔纸本 轴

103cm×54cm

陈子庄（1913—1976）

大吉图

设色纸本 镜心

131cm×60cm

杨善深（1913—2004）

春江水暖

设色纸本 轴

104.5cm×34.5cm

黄秋园（1914—1979）

古木悬岩

设色纸本 横披

67cm×137cm

黄秋园 (1914—1979)

层岩古木

设色纸本 横披

47.5cm×134.0cm

赖少其（1915—2000）
云绕青溪
设色纸本 轴
110cm×44cm

赖少其（1915—2000）

楷书 "安吉长年"

墨笔纸本 镜心

34cm×106cm

一九七三年七月画于南京 魏紫熙

魏紫熙（1915—2002）

旭日

设色纸本 轴

121.5cm×67.0cm

白雪石（1915—2011）

漓江春

设色纸本　轴

68.0cm×45.5cm

304

白雪石（1915—2011）

万点桂山青

设色纸本 镜心

96cm×135cm

崔子范（1915—2011）

双鸟图

墨笔纸本 册页

24cm×32cm

田世光（1916—1999）

西山红叶

设色纸本 轴

110cm×50cm

刘继卣（1918—1983）
神猴献寿
设色纸本 轴
70cm×41cm

刘继卣（1918—1983）

爱鹅图

设色纸本 轴

123cm×69cm

设色纸本　轴

136cm×67cm

刘继卣（1918—1983）

篱笆仕女图

娄师白（1918—2010）

吃葡萄的松鼠

设色纸本　镜心

67.5cm×44.5cm

宋文治（1919—1999）

洞庭晓泊

设色纸本　镜心

65.0cm×41.0cm

吴冠中（1919—2010）

江南人家

设色纸本 轴

46cm×49cm

程十发（1921—2007）

花卉二帧

设色纸本 镜心

22cm×33cm×2

程十发（1921—2007）
两只小羊
设 色 纸 本 轴
79cm×52cm

程十发（1921—2007）

二湘图

设色纸本 轴

132.0cm×50.5cm

陈佩秋（1923—2020）
芭蕉翠鸟
设色纸本 轴
89.0cm×47.5cm

陈佩秋（1923—2020）

山居图

设色纸本 轴

77cm×41cm

陈佩秋（1923—2020）
有余图
设色纸本 轴
94cm×43cm

亚明（1924—2002）
峡江云烟
设色纸本　轴
93cm×43cm

黄胄（1925—1997）
大吉图
设色纸本 轴
60.5cm×40.0cm

黄胄（1925—1997）

新疆舞者

设色纸本 镜心

66.4cm×44.0cm

黄胄（1925—1997）
双人牧驴
设色纸本 镜片
70cm×48cm

黄胄（1925—1997）
四驴图
设色纸本　轴
67.5cm×43.0cm

黄胄（1925—1997）
舞女
设色纸本 轴
143.0cm×95.5cm

325

黄胄（1925—1997）

驯马图

设色纸本　镜心

69.0cm×166.5cm

黄胄（1925—1997）

饲鸡图

设色纸本 轴

71cm×45cm

黄胄（1925—1997）

山杏丰收

设色纸本　轴

69.5cm×52.5cm

黄胄（1925—1997）

少女牧双驴

设色纸本　轴

88cm×45cm

黄胄（1925—1997）

少女牧驴

设色纸本 镜心

67cm×137cm

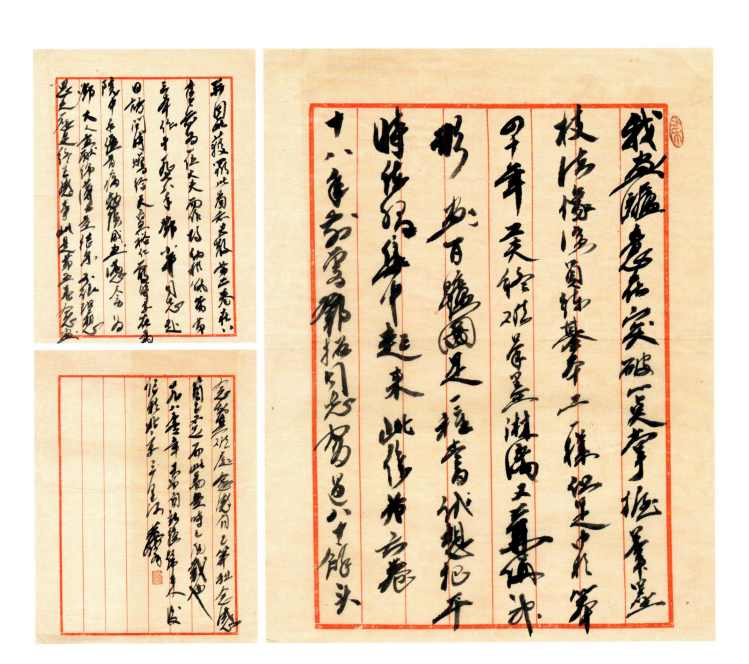

黄胄（1925—1997）

行书《论画驴》

墨笔纸本　轴

27.0cm×19.8cm×3

黄胄（1925—1997）

翱翔

设色纸本　横披

123cm×245cm

黄胄（1925—1997）

驯马图

设色纸本　轴

84cm×86cm

黄胄（1925—1997）

草原牧马

设色纸本　横披

68.5cm×95.5cm

黄胄（1925—1997）

织衣图

设色纸本　轴

69.0cm×44.5cm

黄胄（1925—1997）

新疆舞

设色纸本 轴

64cm×64cm

黄胄（1925—1997）

上学路

设色纸本　横披

69.5cm×129.5cm

黄胄（1925—1997）

丰收图

设色纸本 轴

69cm×69cm

黄胄（1925—1997）

饲鸡图

设色纸本　轴

88cm×47cm

黄胄（1925—1997）

少女戏鸭

设色纸本 镜心

45cm×68cm

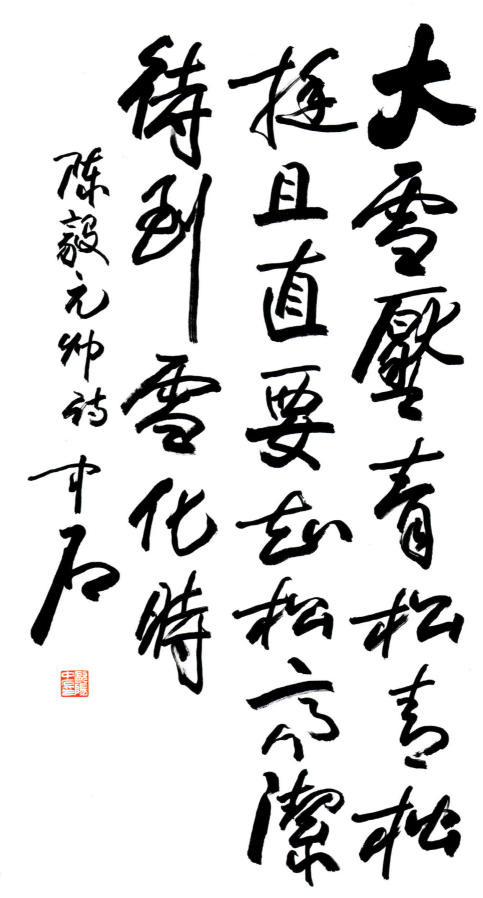

大雪压青松，青松挺且直。要知松高洁，待到雪化时。

陈毅元帅诗 中石

欧阳中石（1928—2020）
行书 陈毅《冬夜杂咏·青松》
墨笔纸本 轴
132cm×68cm

杨之光（1930—2016）

祈福

设色纸本 轴

87cm×45cm

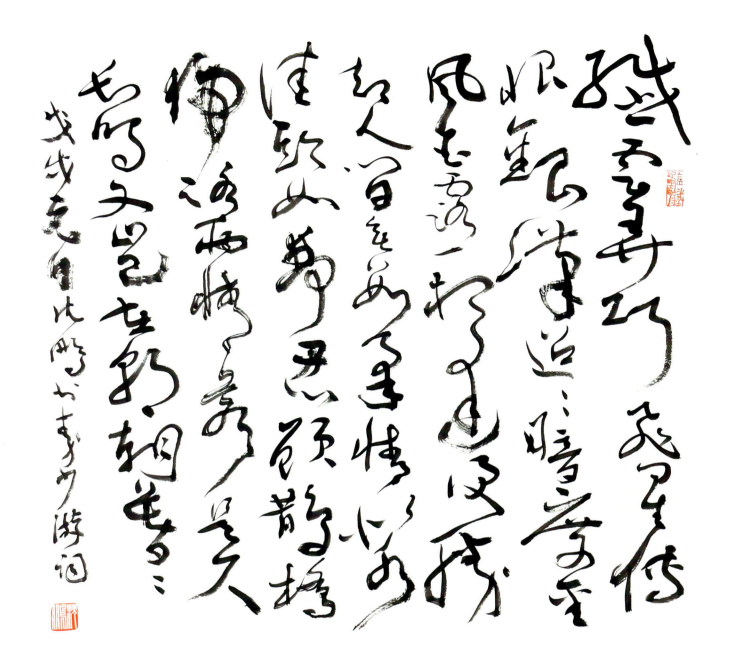

沈鹏（1931—2023）
草书 秦观《鹊桥仙·纤云弄巧》
墨笔纸本 镜心
68cm×69cm

热带丛林，一马平川，古窟引张望灵岩。雕琢穹窿，佛阁苍穹，幻致蚀莘堂一奇钱。天开国师谋，暑牛鬼蛇神，不知此狂来豪兴有。同来泉侣，惊悸宫商，千重风雨无常更亦往昔千戈。动八方，从物羿星换，土埋陈迹者来运转砾合。重光丽贝，墙垣泰姝，陵墓万里长城一帝王文明。史尽岁晷，生汗血膏智流芳。

沁园春·吴哥古窟　辛卯元月　沈鹏于介居

向广大藏家及赵朴初在北京、上海的亲属对活动支持，并提供作品，致以诚挚的谢意。

先生归来展览活动

一、组织机构

主办单位：民进浙江省委员会

民进上海市委员会

民进安徽省委员会

民进中央开明画院

西泠印社集团

学术支持单位：西泠印社

安徽省赵朴初研究会

上海市赵朴初研究会

上海吴昌硕纪念馆

安吉县吴昌硕纪念馆

张宗祥书画院（纪念馆）

沙孟海书学院

方介堪美术馆

上海韩天衡美术馆

陈振濂书学馆

（以上排名不分先后）

承办单位：西泠印社美术馆

浙江民进开明画院

二、工作机构

名　誉　主　任：黄　震　蔡秀军　李和平

学术顾问委员：韩天衡　朱关田　陈振濂　李刚田

童衍方　龚志南　孙慰祖

组织委员会：

主　　　任：陈振濂　孙　磊

执行主任：李学伟　李长青　王安静　蒋碧艳　王容川

副　主　任：苗崎涛　钱　晔　王凌永　张剑秋　沈华强

策　　　划：彭晓东　吴海燕　郭　兵

三、活动时间

2024 年 11 月

四、活动地点

西泠印社美术馆（杭州拱墅区新天地街 309 号）

图书在版编目（CIP）数据

先生归来 / 西泠印社美术馆编. -- 杭州 ： 西泠印
社出版社，2024. 11. -- ISBN 978-7-5508-4639-5

Ⅰ. I217.1

中国国家版本馆CIP数据核字第20248YN620号

《先生归来》编辑委员会

主 任：	陈振濂	孙 磊			
副 主 任：	苗崎涛	钱 晔	王凌永	张剑秋	沈华强
策 划：	彭晓东				
编 委：	柏 松	梁章凯	刘海勇	汪黎特	宋开智
	郭 兵	彭晓东	周怡甸	贾广雅	金毅璐
	杨璐遥	褚 楚	任 好	郑含柳	张 淇
	郭 艺	杨 丹	杨馨仪	刘怡彤	孙小媛
	沈诗恬				
编 者：	西泠印社美术馆				

先生归来

西泠印社美术馆　编

责任编辑：徐　岫

特约编辑：彭晓东　任　好

责任校对：曹　卓

责任出版：冯斌强

出版发行：西泠印社出版社

地　　址：杭州市西湖文化广场 32 号 5 楼（邮政编码：310014）

电　　话：0571—87243279

设计制版：杭州伊典文化艺术有限公司

印　　刷：杭州四色印刷有限公司

开　　本：889mm×1194mm　1/16

印　　张：22.25

字　　数：120 千

印　　数：0001—1000

版 印 次：2024 年 11 月第 1 版　第 1 次印刷

书　　号：ISBN 978-7-5508-4639-5

定　　价：680.00 元